사랑하는 아들아, 너는 인생을 이렇게 살아라

사랑하는 아들아 너는 인생을 이렇게 살아라

필립 체스터필드 지음 | 김이랑 옮김 | 최경락 그림

초판 인쇄 | 2005년 11월 20일
개정판 2쇄 | 2008년 7월 10일

펴낸곳 | 시간과공간사
등록 | 제1-835호(1988년 11월 16일)
펴낸이 | 임재원

ISBN | 978-89-7142-190-1　03890

서울시 마포구 신수동 340-1(201호) 우편번호 121-856
전화 3272-4546~8　팩스 3272-4549
이메일 tnsbook@naver.com

▶ 잘못 만들어진 책은 구입하신 곳에서 바꾸어 드립니다.

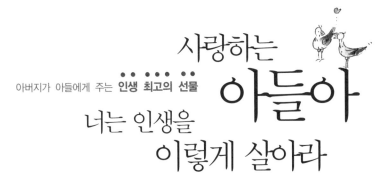

사랑하는

아버지가 아들에게 주는 **인생 최고의 선물**

아들아

너는 인생을

이렇게 살아라

필립 체스터필드 지음 | **김이랑** 옮김

시간과공간사

C · O · N T

E   ·   N   ·   T   ·   S

사랑하는
아들에게

인생 최고의 선물 – 첫 번째

('지금 이 순간을 어떻게 살아가느냐' 가
너의 인생을 결정한다.)

지금이야말로
네 인생의 기반을 닦을 때다

● ● ● ●

네가 반드시 명심해야 할 것이 있다. 그것은 시간의 귀중함과 그 사용 방법인데 이것을 정말로 잘 알고 있는 사람은 드물다.

누구나가 입으로는 "시간은 귀중하다."고 말을 한다. 그러나 소중하게 사용하고 있는 사람은 거의 없다고 해도 좋을 정도로 쉽게 찾아볼 수 없다.

시간을 예사로 시궁창에 내버리듯 하는 사람도 '시간은 무엇보다 중요하다', '어물어물 하다가는 눈 깜짝할 사이에 지나가 버린다' 는 식의 말을 한다. 사실 시간에 관한 격언은 넘쳐날 정도로 많아서 그것들을 적당히 주

워서 입에 담는 것은 아주 쉬운 일이다.

　그런데 너의 시간 사용법을 관찰해 보면, 너는 시간의 귀중함을 잘 알고 있는 것 같더구나. 이것은 아주 중요한데 알고 있는지 아닌지에 따라 앞으로 네 인생은 크게 달라질 것이다. 그러므로 너에게 시간에 대해서 이러쿵저러쿵 얘기할 생각은 없다. 다만 한 가지, 앞으로 긴 일생의 한 기간에(앞으로 2년 동안의 일이지만) 대해서 조금 이야기를 하고 싶구나.

우선 18세까지는 지식의 기반을 닦아 주기 바란다. 그렇게 하지 않으면 그 이후의 인생을 너의 뜻대로 살아가기가 어려워진다. 지식이라는 것은 나이가 들었을 때의 휴식처가 되고 도피처가 되는 것이다.

지금 이 시간을 헛되이 보내면 평생 후회한다

나는 퇴직한 후에도 책으로 둘러싸여 지내고 싶다. 지금 이렇게 누구에게도 방해받지 않고 책의 즐거움에 빠질 수 있는 것도 그 근본을 따져 보면, 내가 지금의 네 나이 무렵에 확고한 자세로 공부를 했기 때문이라고 생각한다. 만약 좀더 노력했더라면 이 만족감이 더욱 커졌을지도 모른다. 어찌되었든 간에 이렇게 속세를 떠나 독서에서 평안을 찾을 수 있는 것이다.

젊은 시절에 어느 정도 지식을 축적해 두기를 잘했다고 나는 지금 생각하고 있다. 그렇다고 해서 놀이로 소비한 시간이 아깝다는 뜻이 아니다. 놀이는 인생의 흥미를 더해 줄 뿐만 아니라 젊은 사람들의 즐거움이기도 하단다. 나도 젊은 시절에는 마음껏 놀았다. 만일 그렇게 하지 않았더라면 지금쯤 놀이를 과대평가하고 있을지도 모른다. 인간은 자신이 모르는 일에는 항상 흥미를 갖는 법이니까.

하지만 다행스럽게도 나는 마음껏 놀았기 때문에 놀이가 어떠한 것인가를 잘 알고 있고, 후회할 일도 없다. 그와 마찬가지로 나는 일에 쏟은 시간을 아깝게 생각한 적도 없다. 일을 겉으로만 보는 사람은 그것이 굉장한 것처럼 보여 자기도 해보고 싶다고 생각하는 법이다. 그러나 실제로는 그런 것이 아니란다. 그것은 해본 사람이 아니면 모르는 것이다.

다행히도 나는 일도 놀이도 모두 열심히 했다. 사람들이 탄성을 지르는 놀이나, 일의 쓴맛과 단맛도 잘 알고 있다. 그러므로 후회하기는커녕 잘했다고 생각하고 있다. 하지만 그런 내가 단 한 가지 후회를 하고 앞으로도 계속 후회할 것임에 틀림없는 것이 있다. 그것은 젊었을 때에 아무것도 하지 않고 의미 없이 흘려보낸 시간이다.

앞으로 2년 동안은 너의 인생에 있어서 대단히 중요한 시기이다. 그래서 목청을 높여 호소하고 싶구나. 이 기간을 의미 있게 보내라고 말이다. 지금 네가 이 기간을 무료하게 보내면 지식의 양도 줄어들 것이고, 인격 형성에 있어서도 큰 소실을 가져올 것이다. 그러나 뜻있게 보낸다면, 그 시간이 축적되어 큰 이자가 붙어 돌아온다.

앞으로 2년 동안에 네 면학의 기반을 닦아야 한다. 일단 기반을 닦으면 다음에는 언제든 좋은 때에 마음먹은 만큼 지식을 더해 가면 되는 것이다. 그러나 당장 필요한 시기가 되어서야 기초를 닦으려 한다면, 그때는 이미 너무 늦게 된다.

그리고 젊었을 때에 기반을 다져 두지 않으면 나이가 들었을 때 매력 없는 인간이 되고 만다. 나는 네가 일단 사회로 나가면 책을 많이 읽으라고는 말하지 않을 생각이다. 무엇보다 그럴 시간이 없을 것이다. 설령 있다 하더라도 그때는 이미 책만 읽고 있을 신분이 못 되기 때문이다.

그러므로 네 인생에 있어서 지금이 유일한 면학의 시기, 누구에게도 방해받지 않고 마음껏 지식을 축적할 수 있는 시기이다. 하지만 너 역시 때로는 책을 앞에 놓고 진저리가 날 때도 있을 것이다. 그럴 때는 이렇게 생각해보려무나. 이것은 반드시 통과해야 할 길, 한 시간이라도 더 버티면 그만큼 더 빨리 목적지에 닿을 수 있고 그만큼 더 빨리 자유로워질 수 있다고. 빨리 자유롭게 되느냐 안 되느냐는 오로지 시간의 사용법 여하에 달려 있는 것이다.

자기 향상에
'지나친 노력'이란 없다

• • • •

건강은 절제만 잘하면 네 나이 때는 아무것도 하지 않더라도 충분히 유지된다. 그런데 머리는 그렇지가 못하다. 네 나이에서는, 특히 평소 마음가짐(때로는 머리를 쉬게 하는 물리적인 현상까지도 포함해서) 필요하다. 지금의 이 시간을 유효하게 사용하느냐 못하느냐가 포인트가 되고, 그것이 앞으로의 두뇌 활동에도 큰 영향을 미치게 된다.

그것뿐이 아니란다. 두뇌를 발랄하고 건강한 상태로 유지하기 위해서는 상당한 훈련이 필요하다. 훈련된 두뇌와 그렇지 못한 두뇌를 비교해 보려무나. 그렇게 해보면 너도 자기 머리를 훈련시키기 위해서 아무리 많은 시간

을 쏟는다고 해도, 아무리 노력을 기울인다고 해도 지나치다고는 생각하지 않을 것이다.

물론 때로는 훈련 따위는 하지 않았는데도 자연의 힘만으로 천재가 출현하는 경우도 있기는 하다. 하지만 그런 일은 좀처럼 드문 일이어서 그것을 믿고 기다릴 수만은 없는 노릇이다.

그러니까 늦기 전에 착실하게 지식을 축적할 수 있도록 노력을 아끼지 말도록 해라. 그렇지 않으면 출세는커녕 평범한 인간도 될 수 없을 것이다.

네 입장을 생각해 보려무나. 너에게는 출세의 발판이 되는 지위도 재산도 없다. 나 역시 언제까지 정계에 있을지 알 수 없는 일이다. 아마도 네가 순조롭게 이 세계로 들어올 때쯤이면 나는 퇴직해 있을 것이다.

그렇다면 너는 무엇에 의지하며 무엇을 기대하겠니? 자신의 힘 이외에는 없을 것이다. 그것이 출세의 유일한 길이 될 것이고, 또한 그렇게 되지 않으면 안 된다.

나는 종종 자신이 탁월한 사람인데 실패했다거나 보답을 받지 못했다는 말을 듣거나 읽기도 한다. 하지만 내가 알고 있는 한 실제로 그런 일은 없었다. 반드시라고 해도 좋을 만큼 어떤 역경에 처해 있어도 뛰어난 사람은 어느 정도의 성공을 거두고 있다.

내가 여기서 말한 '뛰어난 사람' 은 지식과 식견이 있고 태도도 훌륭한 사람을 말한다. 식견이 얼마나 중요한가는 여기서 새삼스럽게 말할 필요도 없을 것이다. 굳이 한마디 한다면 식견을 갖지 못한 인간은 씁쓸한 인생을 살아가게 된다는 것이다. 지식에 대해서는 여러 차례 말한 것 같지만, 자신이 무엇을 목표로 삼든 간에 철저하게 몸에 익혀 두지 않으면 안 된다.

태도는 지금 제시한 요소 가운데서 가장 하찮은 것인지도 모른다. 하지만 뛰어난 사람이 되기 위해서는 빼놓을 수 없는 요소다. 그 사람의 태도에 따라서 지식이나 식견이 빛을 내기도 흐려지기도 한다. 목표 달성에 득을 주기도 하고 실을 주기도 한다. 그리고 다른 사람의 마음을 가장 먼저 매료시키는 것도, 유감스럽지만 지식이나 식견이 아니고 그 사람의 태도이다.

내가 틈나는 대로 써 보낸 편지, 그리고 앞으로 써 보낼 이야기에 아무쪼록 진지하게 귀를 기울여 주기 바란다. 그것들은 오랜 세월의 경험 끝에 내가 터득한 지혜의 결집이며 또한 너에 대한 애정의 증표란다. 나는 너 아닌 다른 누구에 대해서도 조언할 생각은 없다.

　너는 아직 내가 너를 위하는 마음의 절반만큼도 자신을 위해서 무엇인가를 할 수 있는 능력이 없다. 그러므로 지금은 나의 충고가 어느 정도나 도움이 될지 모르겠지만, 얼마 동안은 참고 견디면서 내가 하는 이야기에 묵묵히 따라 주기 바란다. 그렇게 하면 언젠가 나의 충고가 헛되지 않았다는 것을 알게 될 날이 올 것이다.

그릇이 큰 사람이 되려면

인생 최고의 선물 – 두 번째

('남과 같은 정도'에서 만족하면 발전은 없다.
야심을 품고 의지력과 집중력을 쏟아라.)

'이렇다 할 노력 없이'
자란 거목은 없다

● ● ●

 태만, 이것에 대해서 너에게 말해 두고 싶은 것이 있다. 나는 결점이 있으면 그 것을 재빨리 찾아내는 편인데 너에게는 특히 더 그렇다. 그것이 어버이로서의 내 의무이며 특권이라고 생각하고 있기 때문이다. 또 지적받은 점을 고치려고 노력하는 것이 자식으로서의 의무이며 책임이라고 생각하는데, 너는 어떻게 생각하느냐?

다행스럽게도 지금까지 내가 지켜본 바로는 성격 면에서나 두뇌 면에서 너에게는 그다지 큰 문제가 없는 것 같다. 다만 조금 나태하고 주의가 산만하고, 다소 무관심한

면이 있는 듯 보인다. 그러한 것은 육체적, 정신적으로 쇠약한 노인이라면 모르지만(인생의 황혼기를 맞이한 노인이 평온한 여생을 보내고 싶어 하는 것은 무리가 아니다.) 젊은이에게 는 결코 용납될 수 없는 일이다.

젊은이는 남보다 뛰어나고, 남보다 찬연히 빛나고자 하 는 노력이 있어야 한다. 기민하고 행동적이며 무엇을 하 든 간에 끈기가 있어야 한다. 시저도 말했듯이 '뛰어난 행동이 아니면 행동이라고 말할 수 없는' 것이란다.

너에게는 용솟음치는 활기가 부족한 느낌이 들어 안타 깝구나. 그것이 있어야만 주위 사람들을 즐겁게 해줄 만 한 노력도 할 수 있는 것이고, 남보다 뛰어나고 빛나고자 하는 용기도 낼 수 있는 것이다. 말해 두지만, 존경받는 인간이 되고자 한다면 그것을 희망하고 그렇게 되기 위 한 노력을 해야 한다. 그렇지 않으면 결코 존경 받는 인 간이 될 수 없다. 이것은 사실이다. 사람을 즐겁게 해주 고자 하는 마음이 없다면 즐겁게 해줄 수 없는 것과 마찬 가지다.

사람은 누구나 자기가 되고자 하는 바를 이룰 수 있다 고 나는 생각한다. 보통의 지력을 지닌 사람이면 능력을 개발하고, 집중력을 배양하고, 노력을 게을리 하지 않는

다면 자신이 되고 싶은 대로 될 수 있다.

너는 장차 눈부시게 격동하는 사회의 일원이 된다. 그 일원이 되기 위해서 지금 해야 할 일은 무엇일까? 그것은 세계 각국의 정정(政情), 이해관계, 경제, 역사, 관습 등에 관해서 지식을 쌓는 일이다. 보통의 머리를 가진 사람이 보통의 힘을 쏟으면 정통할 수 있는 것들이다. 그것을 할 수 없다면 결코 성공할 수 없다. 자기가 무엇을 하면 좋은가를 알고 있으면서도 그것을 하지 않는 것은 바로 태만하기 때문이다.

욕심이 없으니 진보가 없는 것이다

태만한 사람은 사물에 대해서 끝까지 파고 들고자 하는 노력을 하지 않는다. 조금 어렵 다거나 귀찮거나 하면(사실 사리를 분석하거나 습득 해야 할 가치가 있는 것은 다소의 어려움이나 번거로움은 따르기 마련인데) 금방 꺾여 버리고서 목적을 달성하기 직전에 포기하고, 안이하게 손에 넣기 쉬운 것, 결과적으로는 표면적인 지식만을 얻은 상태에서 만족하고 만다.

이러한 사람은 대개의 일을 '못 한다'고 생각하고 '못 한다'고 말한다. 실제로 진지하게 정면으로 부딪쳐 보면 정말로 할 수 없는 일은 그다지 많지 않은데도 말이다. 이런 사람들에게는 어려운 일이 곧 불가능한 일인 것이다. 그들은 한 가지 일에 불과 한 시간이라도 집중하는 것을 고통스럽게 생각한다. 그래서 어떠한 일이라도 처음에 받아들인 대로 해석하려 하지, 여러 방향에서 생각해 보려고 하지 않는다. 결국 깊이 생각해 보려고 하지 않는 것이다.

이러한 사람이 통찰력이나 집중력을 겸비한 사람을 상대로 얘기를 시작하면, 금방 무지와 태만이 백일하에 드러나 횡설수설 엉뚱한 대답밖에 할 수 없게 된다.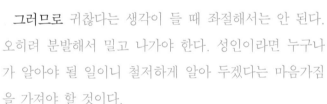

그러므로 귀찮다는 생각이 들 때 좌절해서는 안 된다. 오히려 분발해서 밀고 나가야 한다. 성인이라면 누구나가 알아야 될 일이니 철저하게 알아 두겠다는 마음가짐을 가져야 할 것이다.

전문 분야 외의 '상식'을 알아 두는 것이 중요하다

지식 중에는 어느 특정한 직업인에게는 필요하고 그밖에 사람에게는 필요하지 않은 것도 있다. 예를 들면 항해학과 같은 것은 평상시의 대화 중에 네가 적절히 질문하면 얻을 수 있는 표면적이고 일반적인 지식만으로 충분할 것이다.

그러나 어떤 직업인이라도 공통적으로 꼭 알아 두어야 하는 것은 철저하게 알아 두는 편이 좋겠다. 어학, 역사, 지리, 철학, 논리학, 수사학(修辭學) 등이 그런 부류일 것이다. 너에게는 그것들과 아울러 유럽 각국의 정치, 군사, 민사의 지식이 필요하다. 물론 이 광범위한 지식 체계를 자기 것으로 만들어 소화시키는 것은 어려운 일이며 많은 노력이 필요할 것이다. 그러나 하나하나 꾸준히 풀어 나간다면 불가능한 일도 아니다. 그리고 그것이 결국은 너에게 커다란 재산이 된다.

거듭 말하지만 너는 어리석은 사람들이 걸핏하면 입에 담는 '그런 것은 못 한다'는 변명을 사용하지 말아야 할 것이며, 또한 사용하지 않으리라고 믿는다. 정신적으로나 육체적으로나 '할 수 없는' 일은 없다. '한 가지 일에 장시간 집중할 수 없다'고 하는 것은 "나는 바보입니다, 하고 싶지 않습니다."라고 말하는 것과 다를 바가 없다.

내가 알고 있는 사람 가운데 자기 칼을 어떻게 몸에 차야할지 몰라서 식사 때마다 그것을 풀어 놓는 사람이 있었다. 칼을 찬 상태로는 식사를 할 수 없다는 것이다. 그래서 나는 이렇게 지적하지 않을 수 없었다. "칼을 풀어 놓는다는 것은 이 식사 중에는 자신에게도 다른 동석자에게도 결코 위험한 일은 일어나지 않는다고 당신이 보증한다는 의미입니다."라고.

다른 모든 사람들이 태연하게 하고 있는 일을 '할 수 없다'고 하는 것은 정말로 부끄러운 일이고, 또 어리석은 일이다.

작은 일을 소홀히 하지 않으면
반드시 성공한다

• • •

하찮은 일로 1년 내내 바쁘게 살아가는 사람이 있다. 그들은 무엇이 중요하고 무엇이 중요하지 않은지 모른다. 그래서 중요한 일에 써야 할 시간과 노력을 쓸데없는 일에 쏟아 버린다. 이러한 사람은 누군가와 만나서 이야기를 해도 상대의 외모에만 정신을 빼앗기고 정작 중요한 인격은 보지 않는다. 연극을 관람할 때도 내용보다 외부 장식에 눈을 빼앗겨 버린다. 정치에 있어서도 정책을 논하기보다는 형식에 구애되고 만다.

그런데 같은 사소한 일이라도 중요한 것이 있다. 바로

다른 사람을 즐겁게 하거나 호감을 얻을 수 있는 것들이 그것인데 이러한 것은 아무리 사소한 것이라도 노력해서 몸에 익히도록 하는 것이 좋다.

예를 들면, 댄스나 복장과 같은 사소한 일까지도 신경을 고루 쓰는 것이다. 댄스는 경우에 따라서는 젊은이가 꼭 알아 두지 않으면 안 될 것으로 되어 가고 있다. 기왕 풍조가 그러하다면 댄스를 배울 때는 즐거운 기분으로 배워야 할 것이다. 복장도 역시 마찬가지다. 인간은 누구나 옷을 입지 않으면 안 된다. 그러니 기왕이면 남에게 호감을 줄 수 있는 옷차림을 단정하게 하는 것이 바람직하다.

눈앞에 있는 사물이나 인물에서 눈을 돌리지 마라

보통 주의가 산만하다는 말을 듣는 사람은 일반적으로 말해서 머리가 나쁜 사람이거나 마음이 딴 곳에 가 있는 사람이다. 간혹 천재성을 타고난 사람들 중에는 주변 얘기에 전혀 집중하지 못하고 오로지 자신의 세계에만 빠져 있는 경우가 있다. 하지만 이것은 아주 드문 경우다.

부주의한 사람, 주의가 산만한 사람만큼 불쾌한 사람은 없다. 그것은 상대를 모욕하고 있는 것이나 다름없기 때

문이다. 생각해 보렴. 어느 누가 존경하는 사람 혹은 사랑하는 사람을 옆에 두고 정신을 팔 수 있겠느냐? 결국은 상대방이 주목할 만한 가치가 없기 때문에 한눈을 판다는 것이다.

나는 마음이 딴 곳에 가 있는 것처럼 보이는 사람과 함께 있느니 차라리 죽은 자와 함께 있는 편이 낫겠다는 생각이다. 적어도 죽은 자는 나를 바보로 취급하진 않으니까.

그리고 정신이 산만한 사람은 주변으로부터 아무것도 얻지 못하는 경우가 대부분이다. 이런 사람은 설사 평생을 훌륭한 사람들에게 에워싸여 있다 하더라도(당연히 그 사람들이 받아들일 것을 전제로 한 얘기지만, 나라면 사양할 것이다.) 무엇 하나 얻지 못한다. 또 현재 해야 할 일, 하고 있는 일에 주의를 기울이지 못하는 사람은 좋은 일을 할 수도 없고 그럴 기회를 얻지도 못한다.

'걸리버 여행기'에서 배우는 주의력 산만의 희비극

나는 너의 교육을 위해서는 단 한 푼도 아낄 생각은 없지만(그것은 경험으로 너도 이미 충분히 알고 있을 것이다.) 그렇다고 해서 너에게 소위 말하는 주의환기인(主義喚起人)을 고용할 생각은 없다. 주의환기인에 대해서는 너도 스위프트의 「걸리버 여행기」에서 읽었을 것이다.

걸리버에 의하면, 라퓨타 사람들 가운데는 언제나 심오한 사색에 빠져 있는 철학자가 있는데, 이들은 주의환기인이 그들의 발성기관이나 청각기관을 직접 만져 주지 않으면 말을 할 수도 없고 들을 수도 없다고 한다. 그래서 생활에 여유가 있는 집에서는 하인 중 그런 사람을 한 사람쯤 고용한다고 한다.

주인들은 주의환기인 없이는 나다닐 수도 없고 이웃집을 방문할 수도 없다. 산책조차 못한다. 왜냐하면 사색에 잠겨 있다가 언제 벼랑으로 떨어질지 기둥에 머리를 부딪칠지 모르고, 또한 거리를 거닐다가 언제 사람과 충돌할지 언제 개집으로 뛰어들지 모르기 때문이다. 따라서 주의환기인이 눈꺼풀을 살짝 건드려서 위험을 알려 주지 않으면 안 된다.

물론 나는 네가 라퓨타 사람처럼 심오한 사색에 잠겨 위험에 처하지는 않을 것이라고 생각한다. 오히려 주의가 부주의하고 산만해서 주의환기인을 필요로 하는 경우가 생길지도 모른다는 불안감이 드는데 제발 그런 경우는 만들지 말거라.

상대방도 너와 똑같은
'프라이드'를 갖고 있다

● ● ●

너는 주변 사람들에 대한 주의력이 부족한 편이다. 즉 그 말은 네가 그 사람들을 바보로 생각하고 있다는 것이다. 몇 번이나 반복해서 하는 말이지만 세상에는 바보로 취급해도 좋을 만한 사람은 없다.

세상에는 여러 종류의 사람이 있다. 어리석은 사람도 있고 똑똑하지 못한 사람도 많이 있다. 물론 너에게 그런 사람들을 존경하라고는 말하지 않겠다. 하지만 그렇다고 해서 바보 취급을 해도 좋다는 말은 아니다. 노골적으로 바보 취급을 하면 중과부적(衆寡不敵)으로 자기 신세를 망치게 된다. 마음속으로 상대를 싫어하는 것은 자유지만, 이유도 없이 그것을 드러내 보일 필요는 없다. 그것은 비겁한 일이 아니다. 오히려 때로는 반드시 필요한 현명한 태도다.

왜냐하면 아무리 하찮아 보이는 사람이라도 언제 너에게 힘이 되어 줄지 모르기 때문이다. 그럴 때, 네가 단 한 번이라도 그 사람을 업신여긴 일이 있다면 상대는 너에게 도움을 주지 않을 것이다. 나쁜 짓은 용서받을 수 있지만 모욕은 용서받지 못한다. 사람의 자존심이 그것을 쉽게 허락하지 않기 때문이다.

실제로 자기의 과실을 친구나 주변 사람에게 말하는 사람은 많아도 자신의 약점이나 결점을 쉽게 털어놓는 사람은 드물다. 또 잘못을 지적해 주는 친구는 있어도 상대방의 어리석음을 노골적으로 비난하는 사람은 거의 없다. 자존심에 깊은 상처를 준다는 것을 잘 알고 있기 때문이다.

어떤 사람이든 약간의 모욕을 느끼고 이에 노여움을 나타낼 만큼의 자존심은 갖고 있다. 그러므로 평생의 적을 만들고 싶지 않다면 아무리 모욕을 해도 마땅한 인간이라 생각되더라도 그것을 겉으로 나타내서는 안 된다.

생각 없이 던진 부주의한 말이 적을 만든다

젊은 사람들은 우월감을 나타내기 위해, 혹은 주위 사람을 즐겁게 하기 위해 남의 약점이나 단점을 폭로하는 경우가 있다. 그러나 절대로 그렇게 해서는 안 된다. 그런 유혹은 극복해야 한다. 물론 당시에는 이목을 집중시키고 사람들을 웃길 수 있을지 모르나 그 일로 인해 너는 평생의 적을 만들게 될 것이다. 함께 웃었던 친구들도 나중에는 너의 인간성을 의심하게 될지도 모른다.

남의 약점이나 단점을 폭로하는 인간은 형편없는 사람이다. 제대로 된 사람이라면 남의 약점이나 불행을 감싸주지 공개적인 자리에서 폭로하지 않는다. 만약 너에게 재치가 있다면 약점을 잡아 사람을 웃게 하는 데 사용하지 말고 사람의 마음을 유쾌하게 하는 데 사용하기 바란다.

'자신의 가치관'으로 세상을 판단하지 마라

• • •

 네가 보낸 8일자 소인이 찍힌 편지를 받아 보았다. 네가 턱없이 조작된 로마 가톨릭교회에 대한 이야기를 듣고, 또 그것을 맹신하고 있는 신도들을 보고서 놀란 기분은 충분히 이해하겠다.

그러나 아무리 그릇된 것이라도 상대방이 마음으로부터 그렇게 믿고 있다면 결코 그것을 비웃거나 책망해서는 안 된다. 분별력이 흐려져 앞을 잘 보지 못하는 것은 안타까운 일이지 비웃음을 살 만한 일이 아니다. 그러니 부드러운 마음으로 대해 주고, 될 수 있으면 대화를 통해

올바른 방향으로 이끌어 주겠다는 마음가짐으로 대하는 것이 좋다. 결코 비웃거나 책망을 해서는 안 된다.

인간은 제각기 자신의 생각에 따라서 행동하기 마련이다.(또 그렇게 하는 것이 바람직하다.) 다른 사람들이 자신과 같은 생각을 해야 된다고 생각하는 것은 아주 오만한 생각이다. 인간은 누구나 자기 자신이 옳다고 생각하며 살아가고 있다. 그리고 정말로 누가 옳은가를 알고 있는 것은 신(神)뿐이란다.

따라서 자기 생각과 다르다고 해서 남을 업신여기는 것은 우스운 일이며, 자기가 믿고 있는 것과 다르다고 해서 이교도(異敎徒) 취급을 하고 박해하는 것도 우스운 일이다. 인간은 자신이 생각하고 있는 정도밖에는 생각할 수 없고, 믿는 정도로밖에는 믿지 못하는 동물이다. 비난받아야 할 사람은 고의로 거짓말을 한 사람, 이야기를 날조한 사람이지 그것을 믿는 사람은 아니다.

'떳떳하게 살겠다'는 마음가짐

원래 거짓말만큼 죄가 깊고, 비열하고, 어리석은 것은 없다. 거짓말은 적의나 불안, 허영심으로 하게 되는데 어떠한 경우에도 좋은 결과를 가져오지 않는다. 물론 선의

의 거짓말이라는 것이 있지만 이는 아주 드문 경우다. 대부분 아무리 감쪽같이 숨긴다 하더라도 거짓은 금방 들통 나기 마련이다.

예를 들어 누군가의 행운이나 인덕을 시기해서 거짓말을 했다고 치자. 분명히 얼마 동안은 상대에게 상처를 입힐 수 있을지도 모른다. 그러나 결국 가장 고통을 받는 것은 본인이 될 것이다. 거짓임이 드러났을 때(대개는 폭로되는 법이다.) 가장 상처를 받는 것은 자신이기 때문이다. 더구나 다음부터는 거짓이 아닌 진실을 말한다고 할지라도 아무도 그것을 믿어 주지 않을지도 모른다.

또 만약 변명을 하거나 자신의 과오를 덮으려고 거짓말을 하면 얼마 가지 않아서 그것으로 인해 더 큰 상처를 입게 될 것이다. 차라리 떳떳하게 자신의 실수를 인정하는 것이 사람들에게 인정받는 길이다. 그리고 그렇게 하는 것이 속죄를 하는 유일한 방법이며 용서를 구하는 유일한 방법이기도 한 것이다.

너도 양심이나 명예에 손상을 입지 않고 사회 속에서 훌륭하게 살아 나가고 싶으면 거짓말을 하거나 속이거나 하는 일 없이 정직하게 살려고 노력해야 한다. 이것은 네

목숨이 다할 때까지 가슴 깊이 새겨 두어라. 그렇게 하는 것이 너에게도 이익이 될 것이다.

'세상'이라는 거대한 미로의 입구에 서 있는 너에게

• • •

 오늘도 또 사람에 대하여, 사람의 성격과 태도에 대하여, 즉 세상에 관한 공부를 해보자. 이러한 것은 나이를 먹어서도 생각해 볼 만한 가치가 있는 일이다. 특히 네 나이에서는 좀처럼 얻을 수 없는 지식이란다.

전부터 이상하게 생각하고 있었던 일이지만, 이러한 인생의 지혜를 젊은이에게 전수하려고 하는 사람은 좀처럼 없더구나. 모두가 자기가 할 일이 아니라고 생각하는 것일까?

학교의 교사나 교수들도 그렇다. 언어나 자기 전문 분

야를 어느 정도 가르칠 뿐 그 밖의 것은 아무것도 가르치지 않는다. 아니, 가르치지 않는다기보다는 오히려 가르칠 수 없다고 말해야 할지도 모른다. 그것은 부모들도 역시 마찬가지다. 부모도 가르칠 수가 없는지, 일에 몰두하고 있는지, 무관심한 것인지 하여튼 가르치려 하지 않는다. 개중에는 자식을 세상에 내보내는 것이야말로 제일의 공부라고 믿고 있는 부모도 있다. 이것은 어떤 의미에서는 옳을지도 모른다. 확실히 세상사는 실제로 경험해 보지 않고서는 알 수가 없기 때문이다.

그렇지만 그전에, 젊은 사람들이 미로투성이의 영역에 발을 들여놓기 전에 경험자가 개략적인 지도를 그려서 건네주는 정도의 일은 해도 좋다고 나는 생각하고 있다.

올바르게 평가받는 사람과 평가받지 못하는 사람의 차이

이제 본론으로 들어가 보자. 아무리 훌륭한 사람이라도 남들의 존경을 받으려면 어느 정도의 위엄이 있어야 한다. 야단법석을 떨거나, 시시덕거리거나, 종종 큰 소리로 주책없이 웃거나, 함부로 농담을 하거나, 무턱대고 사람을 잘 따르는 행동은 위엄이 있는 태도가 아니다. 이러한 태도를 취하고 있으면 아무리 지식이 풍부한 인격자라도 존경을 받지 못하며, 오히려 남들로부터 업신여김을 당하기 쉽다.

쾌활한 것은 좋지만 쾌활해서 존경받은 인물은 지금까지 한 명도 없었다고 해도 과언이 아니다. 게다가 무턱대고 붙임성이 많으면 손윗사람을 노하게 만들기 쉽고, 그렇지 않더라도 주위 사람들로부터 '호위병'이나 '꼭두각시'라는 손가락질을 받는다. 분위기 파악 못하고 가벼운 농담을 계속 던지는 사람은 어릿광대와 조금도 다를 바가 없다. 이러한 농담은 남들이 감복하는 기지와는 상당히 거리가 멀다.

또 우리들은 곧잘 이런 말을 한다. '저 사람은 노래를 잘하니까 우리 그룹에 넣어 주자.', '댄스를 잘하니까 무도회에 초대하자.', '언제나 유머가 풍부해 즐겁게 해주니까 식사에 초대하자.'고 한다. 혹은 '저 사람은 부르지 말자.', '금방 술에 취해 버리니까.' 등등의 말을 한다.

이런 말을 듣는 것은 칭찬을 받는 것도 호감을 사는 것도 아니다. 오히려 비방 받고 있는 거나 다름없다. 특별히 지명을 받아 바보 취급을 받고 있는 셈이다. 적어도 정당하게 평가받고 있는 것도, 존경받고 있는 것도 아닌 것만은 확실하다.

한 가지 이유만으로 그룹에 받아들여진 사람은 그 한 가지 외에는 존재 가치가 없는 것이다. 다른 면으로는 관심을 끌지 못하기 때문에 아무리 장점이 있더라도 존경받는 일이 없다.

항상 듬직한 생활 태도를 가져라

그렇다면 어떠한 것이 위엄 있는 태도일까? 위엄 있는 태도라는 것은 거만한 태도와는 서로 양립하지 않는 것이다. 아니 오히려 상반되는 것이라고 하는 것이 좋겠다. 거만하게 으스대는 것은 용기가 아니며, 그것은 농담이 기지가 아닌 것과 같은 논리이다.

거만한 태도만큼 품위를 떨어뜨리는 것은 없다고 해도 좋다. 교만한 인간의 자존심은 분노를 낳게 하지만, 그 이상의 조소와 멸시를 낳는다. 이것은 물건에 터무니없이 비싼 가격을 매겨 팔려고 하는 장사꾼과 흡사하다. 그러한 장사꾼에게는 우리들도 터무니없이 싼 값으로 응수한다. 그러나 정당한 값을 부르는 장사꾼에게는 시비를 걸지 않는다.

위엄이 있는 태도란 무턱대고 아첨을 하는 것이 아니다. 팔방미인처럼 행동하는 것도 아니다. 또 무엇에든 반기를 드는 것도 아니며, 시끄럽게 논쟁을 거는 것도 아니다. 자신의 의견을 겸손하고 명확하게 말하며, 다른 사람의 이야기를 기분 좋게 듣는 태도를 위엄이 있는 태도라고 말할 수 있을 것이다.

위엄은 외적으로도 부여할 수도 있다. 얼굴 표정이나 동작을 그럴듯하고 진지한 분위기로 만드는 것이다. 물론 생동감 있는 기지나 고상한 쾌활함이 표정에 더해져도 좋다. 그러한 것은 원래 위엄을 느끼게 하는 것이다. 이와 반대로 히죽히죽 웃는 태도나 침착성이 없는 몸동작은 그야말로 가벼운 느낌을 준다.

전하고 싶은 말은 많지만 나머지는 키케로의 「안내서(Offices)」나 「예의범절 편람(The Decorum)」이라도 보며 착실하게 공부하기 바란다. 될 수 있으면 암기한다는 마음가짐을 갖고 보아야 할 것이다. 위엄을 몸에 익히려면 어떻게 하면 좋은지 매우 상세하게 기록되어 있다.

'최고의 인생을
위한
마음가짐

(공부건 일이건 무조건 열심히 하고
즐길 때도 최선을 다해서 즐겨라.)

오늘의 1분을 웃는 자는
내일의 1초에 운다

● ● ●

부(富)와 재물을 제대로 사용할 줄 아는 사람은 드물다. 그러나 시간을 현명하게 사용하는 사람은 그보다 더 적다. 시간을 현명하게 사용하는 것이 부와 재물을 제대로 사용하는 것보다 더 중요하다는 것은 두말할 필요가 없다.

나는 네가 이 두 가지를 현명하게 사용할 줄 아는 사람이 되어 주기를 바란다. 너도 이제는 그러한 것을 생각할 만한 나이가 되었다. 대개 젊었을 때는 시간을 그렇게 소중하게 생각하지 않는다. 시간은 얼마든 낭비해도 없어지지 않는다고 생각한다. 하지만 시간을 함부로 낭비하는 것은 막대한 재산을 모두 탕진해 버리는 것과 같은 이치다.

지금은 고인이 되었지만 윌리엄 3세, 앤 여왕, 조지 1세의 시대에 명성을 떨쳤던 인물, 라운즈 재무 장관은 그의 생전에 자주 이런 말을 했었다.

"1펜스를 우습게 여겨서는 안 된다. 1펜스에 웃는 자는 1펜스에 운다."

이것은 변하지 않는 진리로 장관은 스스로 이를 실천했다. 그 결과 그는 두 명의 손자에게 막대한 재산을 남겨주었다. 그리고 이것은 시간에도 그대로 적용된다. '1분을 웃는 자는 1초에 울게 된다.' 그러므로 10분이든 15분이든 함부로 소홀히 하지 않도록 해라. 10분이나 15분이라고 해서 우습게보다가는 하루에 몇 시간을 함부로 낭비하게 된다. 또 하루로 따지면 몇 시간이 되겠지만 1년이면 어마어마한 시간이 된다는 것을 명심하기 바란다.

'빈 시간'을 '공백의 시간'으로 만들지 마라

가령 12시에 어디서 누군가와 만나기로 약속을 했다고 가정하자. 너는 11시에 집을 나와서 약속 시간 전에 두세집을 방문할 생각을 하고 있다. 그런데 그중의 누군가가

집에 없었다. 너는 어떻게 하겠느냐? 찻집에라도 들어가 시간을 보내겠느냐? 나 같으면 그렇게는 하지 않겠다. 나라면 일단 집으로 돌아와서 편지를 쓰겠다. 그렇게 하면 나중에 만나기로 했던 장소로 나갈 때에 그 편지를 우체통에 넣을 수 있다.

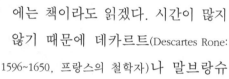

편지를 쓰고 나서도 시간의 여유가 있을 경우에는 책이라도 읽겠다. 시간이 많지 않기 때문에 데카르트(Descartes Rone: 1596~1650, 프랑스의 철학자)나 말브랑슈(Malebranche Nicolas de: 1638~1715, 프랑스의 철학자이자 수도승), 로크(Locke John: 1632~1704, 영국의 철학자) 같은 이해하기 어려운 것은 적합하지 않을 것이다. 오히려 호라티우스(Horatius: 65~8 B.C. 로마의 시인)나 브왈로(Boileau: 1636~1771, 프랑스의 시인) 같은 짧으면서 지적이고 재미있는 것이 좋으리라 생각된다. 이렇게 해서 빈 시간을 유용하게 사용하면 시간이 절약될 뿐 아니라 적어도 허비하지 않게 될 것이다.

세상에는 할 일 없이 빈둥빈둥 시간을 버리는 사람이 많이 있다. 커다란 의자에 기대앉아 하품을 하면서 "뭔가를 시작하려면 아무래도 시간이 모자라고……"라고 운운

한다. 그러나 이러한 사람은 실제로 시간이 충분히 있다고 하더라도 무엇인가 시작하는 일이 없다. 결국 아무것도 하지 못하고 시간을 허비해 버린다. 불쌍한 사람이라는 말밖에는 더 할 말이 없다. 아마도 이러한 사람은 공부를 하거나 일을 하더라도 결코 성공하는 일은 없을 것이다.

더욱이 네 나이에는 한가롭게 세월을 보낸다는 것은 용납되지 않는다. 내 나이가 되어야 비로소 허용되는 것이다. 너는, 말하자면 이제 세상에 겨우 얼굴을 내민 것에 불과하다. 무엇보다도 열정이 넘치고 적극적이고 끈기가 있어야 할 것이다.

앞으로의 몇 년이 네 일생에 있어서 얼마나 큰 의미를 갖게 될지 생각해 보기 바란다. 그걸 생각한다면 단 한 순간도 소홀히 할 수 없을 것이다.

그렇다고 해서 온종일 책상 앞에 앉아 있으라는 말은 아니다. 그렇게 하라고 권할 생각도 없고 그렇게 해주기를 바라는 것은 더더욱 아니다. 다만 무엇이든 좋으니 무엇인가를 하고 있다는 그 사실이 중요하다. 겨우 20분, 30분이라고 해서 가볍게 생각하고 아무것도 하지 않으면 1년 후에는 큰 손실을 보게 된다.

이를테면, 하루 중에서도 공부 시간과 놀이 시간 사이에 잠깐의 빈 시간이 몇 번쯤은 있을 것이다. 그럴 때, 우두커니 앉아서 하품이나 하지 말고 무슨 책이든 좋으니 가까이에 있는 것을 집어 읽도록 해라. 만화책과 같은 하찮은 책이라도 좋다. 아무것도 읽지 않는 것보다는 나을 것이다.

'짧은 시간'이라도 최대한 이용할 줄 알아야 한다

내가 아는 사람 가운데 시간의 사용법이 매우 효과적이어서 사소한 시간이라도 헛되이 보내지 않는 사람이 있다. 좀 지저분한 이야기라서 미안하다만, 이 남자는 화장실에 들어가 있는 얼마 안 되는 시간까지 알차게 이용해 고대 로마 시인의 작품을 조금씩 읽어서 끝내는 독파했다고 한다. 예를 들어 호라티우스를 읽고 싶다고 하자. 이 남자는 호라티우스의 시집을 문고판으로 사 온다. 그리고는 그것을 화장실에 갈 때마다 두 페이지씩 찢어서 들고 가 그 안에서 읽는다.

확실히 이것은 상당한 시간의 절약이라고 생각하지 않니? 너도 한번 시도해 보려무나. 달리 할 것도 없이 우두커니 앉아 있기보다는 훨씬 유익할 것이다.

물론 아무 책이나 좋은 것은 아닐 게다. 이해하기 힘든 전문 과학 서적이나 어려운 책은 적합하지 않을지도 모른다. 몇 페이지씩 찢어서 읽어도 충분히 의미가 통하고 동시에 유익한 책을 선택해야 한다. 그런 책을 골라서 읽으면 될 것이다.

짧은 시간이라도 이와 같이 유용하게 이용하면 나중에 많은 것을 해냈음을 깨닫게 된다. 이와 반대로 짧은 시간이라고 해서 아무것도 하지 않고 있으면 나중에 만회하려고 해도 좀처럼 잘 되지 않는다. 그러니 한순간 한순간을 의미 있게 사용해 주기 바란다.

이것은 꼭 공부에만 한정된 이야기는 아니다. 놀이도 때에 따라서는 중요하다고 앞에서도 얘기했다. 인간은 놀이를 통하여 성장하고 완전한 인간으로 커 간다. 꾸밈과 겉치레를 벗어던진 인간의 참모습을 가르쳐 주는 것도 놀이이다. 그러나 놀 때에도 빈둥빈둥해서는 안 된다. 놀 때는 놀이에 집중해 주기 바란다.

'일의 순서'를 정하라

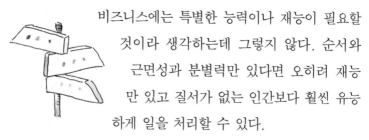

비즈니스에는 특별한 능력이나 재능이 필요할 것이라 생각하는데 그렇지 않다. 순서와 근면성과 분별력만 있다면 오히려 재능만 있고 질서가 없는 인간보다 훨씬 유능하게 일을 처리할 수 있다.

사회인으로서 첫발을 디딘 지금, 하루빨리 모든 것에 계획을 세워서 추진하는 습관을 들여야 한다. 일의 순서를 정하고 그 순서에 따라 추진하는 것이야말로 일을 능률적으로 처리하는 중요한 열쇠가 된다. 모든 일에, 즉 글을 쓴다거나 책을 읽는다거나 시간을 배분하는 것 등에 순서를 정해야 한다. 그렇게 하면 얼마나 시간이 절약되는지, 일이 얼마나 효율적으로 진행되는지 모른다.

말버러(Marlborough: 1650~1722, 영국군인) 공작을 생각해 보려무나. 그는 단 1초도 소홀히 하지 않고, 같은 한 시간 동안에 보통 사람의 몇 배나 되는 일을 한꺼번에 처리해 낸다. 뉴캐슬(Newcastle: 1592~1676, 영국의 장군) 공작의 그 허둥대는 모습은 순전히 일에서 질서가 결여되어 있기 때문이다. 또 로버트 월폴(Robert Walpole: 1676~1745) 전 수상은 남보다 10배나 되는 많은 일을 맡고 있었지만 그는 전혀 허둥대거나 당황하지 않았다. 그것은 일을 처리하는 순서가 빈틈없이 정해져 있기 때문이다.

아무리 능력이 뛰어난 인물이라도 순서를 정해 놓지 않고 일을 하면 머릿속이 복잡해져서 쉽게 포기를 해버리기 십상이다.

너는 게으른 편이다. 이제부터는 게으른 사람이 되지 않도록 노력해 주기 바란다. 스스로를 타일러 2주일이면 할 수 있는 일의 방식, 순서를 모색하기 바란다. 그렇게 해보면 미리 정해 둔 순서대로 일을 추진하는 것이 얼마나 편리하고 얼마나 좋은 결과를 가져오는지를 깨닫게 될 것이다. 그래서 두 번 다시는 순서에 따르지 않고 무엇인가를 할 생각을 갖지 않게 될 것이다.

놀 때는 놀면서
자신을 발전시켜라

● ● ●

놀이, 오락은 대부분의 젊은이가 걸려 드는 암초와도 같은 것이 아닐까? 많은 돛을 달고 바람을 가득 안고서 즐거움을 찾아 나선 것까지는 좋았으나, 문득 정신을 차리고 보니 방향을 가늠할 나침반도 없거니와 키를 잡는 데 필요한 지식도 없다. 이래가지고는 목적지인 참다운 즐거움에 도달할 수가 없다. 명예스럽지 못한 상처를 안고 허우적거리면서 항구로 되돌아오고 말 것이다.

그렇다고 나는 금욕주의자처럼 즐거움을 혐오하고 싫어하는 사람도 아니고, 목사처럼 쾌락에 빠져서는 안 된다고 설교하는 사람도 아니다. 오히려 쾌락주의자에 가깝게 여러 가지 놀이 보따리를 풀어 보이면서 마음껏 놀라고 장려하고 싶다.

이건 내 진심이다. 마음껏 놀아 주기 바란다. 나는 다만 네가 그릇된 항로를 따라 노를 젓지 않도록 조언을 해 줄 뿐이다.

너는 어떠한 놀이에서 즐거움을 찾고 있느냐? 마음에 맞는 친구들과 큰돈을 걸지 않는 건전한 트럼프 놀이에 흥미를 가지고 있느냐? 쾌활하고 품위 있는 사람들과 즐거운 마음으로 식탁에 둘러앉아 있느냐? 함께 있으면 배울 점이 있는 인물과 친하게 사귀려고 노력을 하고 있느냐?

나를 친구라고 생각하고 무엇이든 거리낌 없이 얘기해 주기 바란다. 나는 너의 즐거움을 일일이 검열하는 서투른 흉내는 내지 않겠다. 오히려 인생의 길잡이 안내인으로서 너를 돕고 싶을 뿐이란다.

젊은이가 빠지기 쉬운 놀이의 '함정'

젊은이는 자칫 자신의 기호와는 상관없이 모양만으로 즐거움을 선택하기 쉽다. 극단적인 경우, 무절제야말로 놀이의 참다운 스타일이라고 착각하는 사람까지 있다.

너도 그렇지 않은지 모르겠다. 가령, 술은 확실히 심신에 나쁜 영향을 끼치기는 하지만 훌륭한 놀이라고 생각하고 있지는 않니? 도박 역시 재미있는 놀이 가운데 하나임에는 틀림이 없다고 생각하고 있지 않니? 그리고 여자의 꽁무니를 따라다니는 것도 잘못되어 매독에 걸리거나 건강을 해치는 정도가 아니라면 즐거운 일이라고 생각하고 있는 것은 아니니?

너도 알고 있을 테지만, 지금 내가 예로 든 것은 모두가 쓸모없는 놀이뿐이다. 그런데 그 쓸모없는 놀이가 많은 젊은이들의 마음을 사로잡고 있단다. 그들은 깊이 생각해 보지도 않고 남들이 오락이라고 부르는 것을 아무런 여과 없이 그대로 받아들이고 있는 것이다.

네 나이 때 놀이에 열중하는 것은 지극히 당연하고, 그런 모습이 잘 어울리는 것도 사실이다. 그렇지만 젊음 때문에 대상을 잘못 선택한다거나 그릇된 방향으로 돌진할 우려도 많이 있다. 예를 들면, '한량 스타일'이 젊은이들에게 선망의 대상이 되고 있지만, 그들은 과연 자신이 가야 할 길을 잘 알고 있을까?

옛날이야기지만 좋은 예가 있다. 어떤 젊은이가 멋들어

진 한량이 되어 볼 요량으로 몰리에르(Moliere: 1622~1673, 프랑스의 작가) 원작의 번역극 '영락(零落)한 방탕자(Le Festin de Pierre)'를 보러 갔다. 주인공의 방탕한 모습에 감격한 이 젊은이는 자신도 '영락한 방탕자'가 되어 보리라 마음먹었다. 친구들 몇 사람이 '영락한'은 그만두고 '방탕자'만으로 만족하는 것이 좋지 않겠느냐고 설득해 봤으나 그는 막무가내로 이렇게 말했다고 한다.

"안 돼, 안 된다고. '방탕자'만으론 안 된다고. '영락한'이 붙지 않으면 완전하질 않다니까."

정말 터무니없다고 생각할지 모르지만, 사실 많은 젊은이들이 이런 생각을 하고 있다. 외관에만 사로잡혀서 스스로 생각해 볼 여유도 없이 닥치는 대로 놀이에 뛰어든다. 그리고 마지막에는 정말로 '영락해' 버리는 것이다.

'놀이'에도 나름대로의 목적을 가져라

별로 하고 싶지 않은 얘기지만, 너에게 참고가 될지도 모르기 때문에 부끄러움을 무릅쓰고 나의 체험담을 털어놓겠다. 나도 다른 사람과 마찬가지로 나의 기호와는 관계없이 '한량 스타일'로 보이는 것에 가치를 두었던 어리석은

젊은이 중 하나였단다. 그래, 어리석은 자였던 나는 원래 좋아하지도 않는 술을 '한량 스타일'로 보이고 싶다는 그 이유 하나만으로 마시게 되었다. 무작정 마시고, 또 마시는 악순환을 오랫동안 반복했다.

도박에도 비슷한 정도로 빠졌다. 돈에는 그다지 구애를 받지 않았기 때문에 돈이 아쉬워 도박을 한 일은 한 번도 없었다. 그러나 역시 '도박을 한다'는 것이 신사의 필수 조건이라고 생각했다. 그래서 무턱대고 뛰어들었지만, 본래 좋아하는 성격은 아니었다. 달갑게 여기지 않으면서도 인생에서 가장 충실해야 할 시기를 도박에 질질 끌려 다니며 보냈다. 그것 때문에 참다운 즐거움도 모두 망쳐 버리고 말았다.

비록 잠시 동안이지만 동경하는 인간상에 접근하기 위하여 겉치레에 신경을 썼다니 새삼 부끄럽게 생각한다. 그러나 어쨌든 나는 이러한 어리석은 행동을 일체 그만두었다. 끔찍한 생각이 들었을 뿐만 아니라 혐오감을 느꼈던 것이다.

일종의 유행병에 걸려서 외형만의 놀이에 뛰어든 나는 그 대가로 참된 즐거움을 빼앗겼다. 그리고 재산도 줄어

들고 건강도 해쳤다. 이 모두가 하늘이 내린 벌이라고 생각하고 있다.

나의 어리석은 체험담에서 무엇인가를 느껴 주기 바란다. 너는 네 스스로 자신의 즐거움을 선택해 주기를 진심으로 바라고 있다. 놀이에 지배되어서는 안 된다. 모두가 그렇게 한다고 해서 너도 그렇게 할 필요는 없다. 너는 너라고 생각해야 한다. 우선 현재 네가 즐기고 있는 놀이를 전부 생각해 보고 그대로 계속하면 어떻게 될지 하나하나 생각해 보기 바란다. 그 다음에 계속해야 할지 중단해야 할지는 너의 판단에 맡기겠다.

'즐겁게 보이는 것'과 '정말로 즐거운 것'을 분별하는 눈

만약 지금 내가 네 나이로 돌아가 다시 한 번 살아 볼 수 있다면, 나는 어떤 것을 하게 될까? 우선 즐겁게 보이는 것이 아니라 정말로 즐거운 것만을 하겠다. 그중에는 친구와 식사를 하거나 포도주를 마시거나 하는 일도 물론 포함된다. 그러나 과식을 한다거나 과음을 해서 괴로움을 당하지 않을 정도로 억제해 보겠다.

도박도 해보겠다. 고통 받기 위해서가 아니라 즐기기

위해서다. 아주 적은 돈을 걸고 여러 종류의 친구들과 즐기는 것이다. 그렇게 해서 환경에 순응하는 것도 중요한 일이다. 다만 거는 돈만큼은 신중하게 생각해야 한다. 이기든 지든 생활에 지장이 없을 정도로, 약간의 생활비를 절약하면 해결할 수 있을 정도의 범위에서 하겠다. 물론 도박에서 이성을 잃고 싸움을 벌이는 일은 절대로 하지 않겠다.

독서에도 많은 시간을 할애하겠다. 분별 있는 교양인과의 대화를 위해서도 시간을 남겨 두겠다. 가능하면 나보다 우수한 사람이 좋다.

보통 사교계의 사람들과도 남녀를 불문하고 자주 만나고 싶다. 이야기 내용은 그다지 알차지 못한 경우가 많지만, 함께 있으면 솔직한 기분이 되고 용기도 생긴다. 그리고 사람을 대하는 태도 등 배워야 할 점도 많다.

다시 한 번 네 나이에서 재출발할 수 있다면, 나는 지금 쓴 바와 같은 즐거움을 맛보고 싶다. 모두가 분별 있는 것들이라고 생각되지 않느냐? 그리고 이러한 것이야말로 진정한 놀이라고 할 수 있지 않을까?

참다운 놀이를 알고 있는 사람은 품위를 잃는 일이 없다. 적어도 악덕을 본보기로 삼거나 악을 본뜨는 일은 없다. 만일 불행하게도 부덕한 행위를 하지 않으면 안 될 때라도 은밀히 해야 한다. 일부러 악한 척 보일 필요는 없는 것이다.

일의 기쁨을 알아야
진정한 '한량'이 될 수 있다

• • •

논다는 것은 좋은 일이다. 자신의 놀이를 찾아내서 마음껏 즐기는 것은 바람직한 일이다. 그렇지만 남의 흉내를 내서는 안 된다. 자기 스스로 깨달아야 한다. 무엇이 정말로 즐거운 것인가를 스스로 묻고 즐겁다고 생각되는 일을 찾아내야 한다.

흔히 아무 데나 손을 대는 사람이 있는데 그러한 사람은 아무런 기쁨도 맛보지 못한다. 그런 의미에서 고대 아테네의 장군 알키비아데스(Alkibiades: 450~404 B.C. 아테네의 정치가이자 군인)는 현명했다고 생각한다. 확실히 그는 창

피를 모르고 온갖 방탕한 짓은 다했지만, 철학이나 일에도 빈틈없이 시간을 할애했다.

지적인 수준이 낮은 생활을 하는 사람은 쾌락만을 추구하고 품위가 없는 놀이에 열중하기 쉽다. 한편, 지식수준이 높은 생활을 하고 있는 사람들, 좋은 친구들('도덕적'이라고는 할 수 없다.)로 에워싸인 사람들은 은밀하고 자연스런 놀이, 세련되고 위험이 적은, 그리고 적어도 품위를 잃는 일이 없는 놀이에서 즐거움을 찾는다.

양식이 있는 훌륭한 인간은 놀이가 목적이 되어서는 안된다는 것을 알고 있고 또한 놀이를 목적으로 삼지 않는다. 그들은 알고 있다. 놀이는 '단순히 편안히 쉬는 것이고 위안이며 보상에 불과하다는 것'을 말이다.

언제나 '아침은 밤보다 현명하다'를 실천하라

일과 노는 것에 관해서 말하겠는데, 이것은 반드시 시간을 구분해 두는 것이 현명하다. 공부나 일, 지식인이나 명사와 조용히 마주앉아 해야 할 대화 등은 아침 시간이 좋을 것이다.

누구든 일단 저녁 식탁에 앉으면 그 이후는 느긋한 휴식 시간으로 간주한다. 웬만큼 긴급한 일이 아닌 한 자기

가 좋아하는 일을 하면서 즐기면 된다. 마음이 맞는 동료와 카드를 하는 것도 좋다. 절도 있는 사람들이 상대라면 화목하고 즐거운 게임을 할 수 있을 것이다. 다소의 실수가 있더라도 싸움으로 번지는 일은 없다.

연극도 좋고, 음악회에 가는 것도 좋다. 댄스나 식사, 즐거운 친구와의 잡담도 좋다. 틀림없이 만족한 밤을 보내게 될 것이다. 물론 매력적인 여성을 보고 깊은 숨을 몰아쉬며 뜨거운 시선을 보내는 것도 좋은 일이다. 나는 다만 상대가 너의 품위를 떨어뜨리고, 나아가서는 너를 파멸시키는 여성이 아니기를 바랄 뿐이다. 상대가 너를 받아들이느냐 그렇지 않느냐는 너의 수완 여하에 달려 있으니 기대를 걸어 보겠다.

지금 말한 것들이 정말로 분별 있는 사람, 참다운 놀이를 알고 있는 사람이 즐기는 방법이다. 이와 같이 아침에는 공부, 밤에는 놀이로 시간을 구분하고, 놀이도 자기만의 것을 자기 스스로 선택한다면 너도 훌륭한 사회인으로서 인정받게 될 것이다.

오전 시간 내내 집중하여 착실하게 공부를 계속해 나가면 1년 후에는 상당한 지식을 얻게 될 것이다. 또 저녁 시간 친구와의 교제도 너에게 또 하나의 지식, 즉 세상에 관한 지식을 제공해 줄 것이다. 아침에는 책에서 배우고, 밤에는 친구에게 배워라. 이것을 실천하려면 이제 한가하게 보낼 시간은 없을 것이다.

나도 젊은 시절에는 참으로 잘 놀았고, 여러 사람들과 자주 교제했다. 나만큼 그러한 일에 시간과 노력을 쏟아 버린 사람도 없을 것이다. 때로는 도가 지나칠 때도 있었다. 하지만 어떻게든 공부하는 시간만은 확보했다. 수면시간을 줄이면 줄였지 공부하는 시간을 줄이지는 않았다. 전날 밤 아무리 늦게 잠자리에 들었어도 다음날 아침에는 반드시 일찍 일어났다. 이것은 정말 철저하게 지켜 나갔다. 그리고 그 습관은 아직도 지키고 있다.

너도 이제 내가 노는 것은 절대로 안 된다고 말하는 완고한 아버지가 아니라는 것을 알았을 것이다. 나는 너에게 나와 똑같은 생각을 가져야 한다고 말할 생각은 없다. 그런 의미에서는 아버지라기보다는 친구로서 충고한 기분이 드는구나.

한 가지 일에
'전심전력'을 다해라

● ● ●

며칠 전에 하트 씨로부터 네가 잘해 나가고 있다는 내용의 편지를 받았다. 내가 그 편지를 받고 얼마나 기뻤는지 너는 짐작하겠니? 하지만 만일 당사자인 네가 나의 절반만큼도 만족감이나 기쁨을 느끼고 있지 않다면 나는 할 말이 없을 것이다. 만족감과 자부심이 있어야만 스스로 면학에 힘쓸 수 있다고 생각하기 때문이다.

하트 씨의 말에 따르면, 너는 면학에 힘쓰고 있다고 하더구나. 공부하는 자세가 제대로 잡혀 있고, 이해력도 향상되었고, 그것에 따른 응용력도 많이 늘었다고 하더구나. 그 정도가 되었다면 그 다음은 즐거움으로 가득할 것이다. 그리고 그 즐거움도 노력하면 하는 만큼 더 커질 것이라고 믿는다.

초인적으로 일을 처리한 위트 씨의 집중력

항상 귀에 못이 박힐 정도로 한 말이라 너도 이미 알고 있을 테지만, 무엇인가를 할 때에는 그것이 무엇이든 간에 그것에만 집중해야 한다. 그밖에 것은 생각해서는 안 된다.

비단 이것은 공부에만 한정된 이야기는 아니다. 노는 것에 있어서도 역시 마찬가지이다. 놀이도 공부와 마찬가지로 열심히 하기 바란다. 어느 쪽도 열심히 하지 않는 사람은 양쪽 모두 진보할 수 없고, 어느 쪽에서도 만족감을 얻을 수 없을 것이다. 그때그때의 상황에 마음을 집중할 수 없는 사람이나 그 이외의 일을 머리에서 털어 내지 못하는 사람은 일도 할 수 없을 것이고, 놀이에도 열중하지 못할 것이다.

파티나 회식 자리에서 누군가가 머릿속으로 기하학 문제를 풀려고 애쓰고 있다고 상상해 보자. 그러한 사람은 함께 있어도 전혀 즐겁지가 않을 것이고, 또한 그 자리에

모인 사람들 가운데서도 유난히 초라하게 보일 것이다. 반대로 서재에서 어떤 문제를 풀려고 정신을 쏟고 있는데 자꾸만 카드 게임에 신경이 가는 사람을 생각해 보려무나. 아마도 그 사람은 훌륭한 수학자가 될 수 없을 것이다.

한 번에 한 가지 일만 한다면 하루에도 여러 가지 일을 할 수 있을 것이다. 그렇지만 한 번에 두 가지 일을 함께 하면 1년이 있다 해도 시간이 모자란다.

법률 고문이었던 위트 씨는 국사를 혼자 도맡아 처리해 내고도 저녁 모임에 어김없이 얼굴을 내밀었을 뿐만 아니라, 사람들과 함께 식사할 시간도 충분히 있었다고 한다. 한번은 그렇게 많은 일을 어떻게 처리하기에 많은 모임에 얼굴을 나타내느냐는 질문을 받은 위트 씨는 이렇게 대답했다고 한다.

"별로 어려울 것은 없소. 한 번에 한 가지씩 일을 처리하죠. 그리고 오늘 할 수 있는 것은 절대로 내일까지 미루지 않습니다. 그것뿐이오."

다른 일에 정신을 파는 일 없이 한 가지 일에 확실하게 집중할 수 있는 위트 씨의 능력은 대단한 것이라고 생각한다. 이렇게 할 수 있다는 것이야말로 천재라는 확실한 증거가 아닐까? 그와 반대로 침착성 없이 공연히 들뜬 마음으로 집중하지 못하는 사람은 보잘것없는 인간이라는 증거가 되지 않을까 싶다.

날마다 '오늘은 이만큼의 일을 했다'고 말할 수 있는가

세상에는 하루 종일 분주하게 움직였는데도 잠자리에 들기 전에 생각해 보면 번듯하게 된 일은 하나도 없다고 말하는 사람들이 많이 있다. 이런 사람들은 두세 시간 독서를 하더라도 눈이 활자를 뒤쫓고 있을 뿐 정신은 거기에 가 있지 않은 경우가 많다. 그러므로 나중에 무엇을 읽었는지 생각해도 아무것도 기억할 수 없고, 내용을 논할 수도 없다.

사람과 만나서 이야기를 하고 있을 때도 마찬가지다. 자기 스스로 적극적으로 대화에 참여하려고 하지를 않는다. 당연히 이야기하고 있는 상대를 관찰하는 일도 없고, 이야기 내용을 정확히 파악하지도 못한다. 그런 사람들은 그 자리에서 관계없는 것, 그것도 아무 쓸모도 없는 일을 생각하고 있는 것이다. 아니, 전혀 아무것도 생각하지 않는다고 말하는 편이 좋을지도 모른다. 이런 사람은

극장에 가더라도 연극은 보지 않고 함께 간 사람들이나 조명에만 시선을 쏟는다.

너는 그런 행동을 하지 않도록 조심하거라. 사람과 만나고 있을 때도 공부할 때와 마찬가지로 집중해 주기 바란다. 공부할 때는 읽고 있는 책에 집중하고 그 내용을 깊이 생각해라. 사람과 만나고 있을 때는 보는 것, 듣는 것 모두에 주의를 기울여야 함을 명심하기 바란다.

어리석은 사람들처럼 "다른 생각을 하다가, 잘 알아듣지 못해서……" 따위로 결코 말해서는 안 된다. 왜 다른 생각을 하고 있는가? 다른 생각을 하려면 왜 이곳에 왔는가? 올 필요가 없지 않겠는가? 결국 이런 사람들은 '다른 것'을 생각하고 있었던 게 아니다. 머리가 텅 비어 있었을 따름이다.

이런 사람은 놀이에도 집중하지 못하고, 일에도 집중하지 못한다. 정신이 산만해 일을 할 수 없다면 놀기라도 해야 될 텐데 그렇게도 하지 못한다.

무슨 일이든 기왕 하려면 열심히 하지 않으면 안 된다. 하는 둥 마는 둥 어중간하게 하려면 하지 않는 편이 훨씬 낫다. 중요한 것은 지금 현재 자기가 하고 있는 일에 집

중하는 것이다. 모든 일은 할 가치가 있는지, 없는지 두
가지 중 한 가지다. 중간이란 없다. 일단 '하겠다'고 결
심했으면 대상이 무엇이건 눈과 귀를 똑바로 집중시켜야
한다. 들은 말은 한마디도 놓치지 않겠다는 마음가짐과
눈앞에서 일어난 일은 하나도 빼놓지 말고 철저하게 보
겠다는 의지가 중요하다.

아무튼 호라티우스를 읽고 있을 때는 씌어 있는 것이
옳은지 그른지를 생각하면서 읽고, 그 훌륭한 문장이나
시의 아름다움을 음미해야 한다. 결코 다른 작품에 정신
이 쏠려서는 안 된다.

그리고 그러한 책을 읽고 있을 때는 생 제르맹 부인을
생각해서는 안 되고, 생 제르맹 부인과 얘기를 나눌 때는
책에 대해서 생각하지 말아야 한다.

단돈 한 푼으로
'일생의 지혜'를 손에 넣는 법

● ● ●

너도 이제 서서히 성인의 대열에 들어서고 있다. 따라서 너에게 어떻게 돈을 보낼 생각인지 설명해 두겠다. 그러면 너도 그것에 따라 계획을 세우기가 쉬울 것이다.

나는 공부에 필요한 비용, 사람과 교제하는 데 필요한 비용은 아낌없이 보내 줄 생각이다. 공부에 필요한 비용이란 필요한 책을 살 돈, 우수한 선생에게 배우는 돈을 말한다. 이 가운데는 여행지에서 훌륭한 사람들과 사귀는 데 들어가는 비용, 즉 숙박비, 교통비, 의복비, 고용인의 고용비 등이 포함될 것이다.

사람들과 교제하는 데 필요한 돈이란 물론 '지적인' 교제에 사용할 돈을 말한다. 예를 들면, 불쌍한 사람들에게 베푸는 자선비용, 신세를 진 사람들에 대한 사례비용, 앞으로 신세를 지게 될 분들에게 줄 선물에 드는 비용도 마찬가지다. 교제하는 상대에 맞추기 위해 필요한 비용, 예를 들면 무엇인가를 구경하러 가는 비용이나 놀이 비용, 사격 등 게임에 드는 비용, 기타 돌발적 비용도 포함된다.

내가 절대로 보내 주지 않을 돈은 유치한 싸움을 해서 말썽을 일으켜 필요하게 된 돈과 나태하게 시간을 보내기 위해 필요한 돈이다. 현명한 사람은 자기 명예를 손상시킬 돈과 자기에게 이익이 되지 않는 돈은 사용하지 않는다. 그러한 돈을 사용하는 사람은 어리석은 자들뿐이다. 현명한 사람은 돈과 시간을 모두 알뜰하게 사용한다. 단돈 얼마라도 헛되이 쓰지 않는다. 자신이나 사람들을 위해서 도움이 되는 것, 지적인 기쁨을 얻을 수 있는 것에 사용한다.

그러나 어리석은 자는 다르다. 어리석은 자는 필요치 않은 데에는 돈을 쓰고, 필요한 데에는 쓰지 않는다. 예를 들면, 가게 앞에 즐비하게 진열된 잡동사니가 그러하다. 담뱃갑이나 시계, 지팡이 장식과 같은 하찮은 물건들의 마력에 사로잡혀 쓰는 돈은 아무런 도움을 주지 않는다.

현명한 '금전 철학'을 일찍부터 몸에 익혀 두어라

돈은 아무리 많아도 금전 철학 같은 것을 가지고 세심한 주의를 기울여 사용하지 않으면 필요한 최소한의 물건조차도 살 수 없게 되어 버린다. 그와는 반대로, 설령 아주 적은 돈밖에 없더라도 자기 나름대로 금전 철학을 가지고 주의하여 사용한다면 최소한의 물건은 살 수가 있다.

이번엔 돈의 지불 방법에 대해서인데, 가능한 현금으로 지불하는 것이 좋다. 그것도 고용인을 통해서가 아니라 본인이 직접 지불하는 것이 좋다. 고용인은 수수료나 사례 같은 것을 요구하니까 말이다. 부득이 '외상'으로 달아 두어야 할 경우는 매월 반드시 손수 지불하도록 하는 것이 좋다.

또 물건을 살 때는 필요하지도 않은데 값이 싸다는 이유만으로 구입하는 일이 없도록 해라. 그것은 절약도 아니고 아무것도 아니다. 오히려 쓸데없는 낭비만 될 뿐이다. 또한 필요하지도 않은데 비싸다는 이유만으로, 즉 자존심을 만족시키기 위하여 물건을 사는 것도 좋지 않다.

자기가 산 것, 지불한 대금은 노트에 기록하는 것이 좋다. 돈의 입출을 파악해 두면 파탄하는 일이 없으니까 말이다. 그렇다고 해서 교통비나 오페라를 보러 가서 사용한 몇 푼의 액수까지 기록할 필요는 없다. 오히려 그것은 시간과 잉크가 소모될 뿐이다. 그런 세세한 것은 수전노에게 맡겨 두면 된다.

이것은 비단 돈에만 한정된 것이 아니고 모든 일에 대해서도 그렇게 말할 수 있다. 관심을 가질 만한 가치가 있는 것에만 관심을 갖지 쓸데없는 것에까지 관심을 가질 필요는 없다.

정말로 중요한 것은 모두 '손닿는 곳'에 있다

일반적으로 현명한 사람은 사물을 실물 크기 그대로 파악한다. 그러나 어리석은 자는 그렇지가 못하다. 마치 현미경으로 들여다보듯 무엇이든 크게만 보인다. 그래서 벼룩이 코끼리처럼 보이기도 한다. 조그만 것이 크게 보일 뿐이라면 그래도 괜찮다. 그러나 최악의 경우는 큰 것이 너무 크게 확대되어 보이지 않게 되어 버리는 것이다.

몇 푼 안 되는 돈을 인색하게 아끼고 그것 때문에 싸움까지 벌이는 사람이 가장 좋은 예이다. 그들은 그것 때문에 수전노로 불리고 있다는 것을 깨닫지 못한다. 그리고 이러한 사람은 자신에 대해서도 손해를 보는 일을 하고 있다. 수입 이상의 생활을 바라기 때문에 자신의 손이 닿는 범위 내에 있는 '소중한 것'을 상실하고 있는 것이다.

오해를 무릅쓰고 말한다면, 무슨 일에나 '자신의 분수'라는 것이 있다. 건전하고 견실한 정신을 가진 사람은 어디까지가 손이 닿는 범위이고, 어디부터가 손이 닿지 않는 범위인지 알고 있다. 그런데 그 경계선은 너무 가늘어서, 분별 있는 사람은 어떻게든 찾아내지만, 난폭하고 야무지지 못한 사람의 눈에는 좀처럼 보이지 않는 법이다.

너에게도 자신의 손이 닿는 범위와 닿지 않는 범위를 알 수 있을 정도의 분별은 있으리라 믿는다. 경계선에 항상 주의를 기울이기 바란다. 그리고 그 위를 잘 걸어 주기 바란다. 서커스의 줄타기 명수는 있어도 경계선이라는 이름의 선상(線上)을 능숙하게 건널 수 있는 사람은 좀처럼 드물다. 그렇기 때문에 능숙한 사람의 발자취는 더욱 찬란히 빛나는 법이다.

인생 최고의 선물 – 네 번째

사회인이 되기 전에 해야 할 일

(책(젊은 시절에는 특히 역사책)을 많이 읽어라.
그리고 밖으로 나가 보아라.)

젊을 때 '역사'에 흥미를 갖는 것이
왜 중요한가

• • •

　　프랑스의 발자취에 대한 너의 고찰은 참으로 정확한 것이었다. 무엇보다도 반가운 것은 네가 책을 읽을 때에 단순히 내용 파악에 그치지 않고, 그 내용에 관하여 깊이 생각하고 있다는 것을 알게 된 것이란다.

　　책을 읽더라도 스스로 판단하지 못하고 내용을 그대로 머릿속에 단순히 주입시키는 사람이 많다. 그래 가지고서는 정보만 쌓일 뿐 머릿속은 잡동사니를 쌓아 두는 창고처럼 잡다하고 어수선한 상태가 되어 버려, 필요한 것을 필요한 때에 즉시 꺼내 쓸 수가 없게 된단다.

너는 지금 네가 하고 있는 그런 식으로 계속해 주었으면 좋겠구나. 저자의 이름만 보고 내용을 그대로 받아들이지 말고, 거기에 적혀 있는 것이 얼마나 정확한 것인지, 저자의 고찰이 어느 정도나 옳은 것인지 스스로 파악해 주기 바란다.

하나의 역사적 사실에 대해서는 여러 권의 책으로 조사해 보고, 거기에서 얻은 정보를 종합하여 자신의 의견을 갖도록 하는 것이 좋다. 거기까지가 역사라는 학문의 손이 닿는 범위라고 나는 생각하고 있다. 유감스럽지만, '역사적 진실'이란 알 수가 없는 것이란다.

시저가 살해당한 진정한 이유

역사책을 읽고 있노라면 역사적 사건의 동기와 원인이 나와 있는데, 그것을 그대로 믿어서는 안 된다. 그 사건에 관련된 인물의 사고방식이나 이해관계를 고려해 가면서 저자의 고찰이 옳은지, 다른 가능성이나 동기는 없었는지 생각해 보는 것이 중요하다.

그때 비굴한 동기나 사소한 동기라고 해서 그것을 배제해서는 안 된다. 왜냐하면 인간이란 복잡하고 모순투성이의 동물이기 때문이다. 감정은 시시각각 변하기 쉽고 의지는 연약하며, 마음은 기분에 따라 좌우되기 때문이다. 그러니까 사람은 항상 일관성이 있는 것이 아니라 그날그날에 따라 변하는 것이다. 아무리 훌륭한 사람이라도 보잘것없는 면이 있고, 시시한 사람이라도 훌륭한 면이 있다. 도저히 아무짝에도 쓸모없는 인간이라도 어딘가 장점은 있기 마련이고, 엄청나게 훌륭한 일을 해낼 때도 있는 것이다. 그것이 바로 인간이란다.

그런데 역사적 사건의 원인을 규명할 때, 우리는 보다 고상한 동기를 찾아보려고 하는 경우가 많다. 실제의 원인은 아주 사소한 데 있을지 모름에도 말이다. 가령 루터의 종교 개혁을 실례로 본다면, 루터의 금전욕이 꺾인 것이 원인이었을지도 모른다. 그런데도 말만 앞세우기 좋아하는 역사학자들은 역사적 사건뿐만 아니라 평범한 사건에까지 깊은 정치적 동기를 적용시켜 버린다. 이것은 좀 우스운 일이라고 생각되는구나.

인간은 모순투성이 존재이다. 언제나 인간적으로 고상한 부분에 의해서만 행동이 좌우되는 것은 아니다. 현명한 사람이 어리석은 일을 하는 경우도 있고, 어리석은 사람이 현명한 일을 하는 경우도 있다. 그날의 기분과 컨디션에 따라 변하는 것이 인간이다.

그렇기 때문에 인간이 취하는 행동의 진정한 이유라는 것은 제삼자가 아무리 규명하려고 해도 억측의 영역에서 벗어나기는 어렵다고 생각한다.

시저는 23명의 음모에 의해서 살해되었다. 이것은 의심할 여지가 없다. 그러나 그 23명의 음모자가 과연 진정으로 자유를 사랑하고 로마를 사랑했기 때문에 시저를 살해했느냐 하는 문제에 봉착하면, 자신 있게 그렇다고 대답할 수 없다. 과연 그것만이 진정한 이유일까?

올바른 판단력·분석력을 기르기 위한 최고의 '재료'

가끔은 역사적 사실 그 자체까지도 의심스럽다고 생각될 때가 있다. 적어도 그 사실과 연관되어 있는 배경에 관해서는 거의가 의심스럽다. 매일매일 자신이 경험하는 것을 생각해 보면 될 것이다. 역사라고 하는 것이 얼마나 신빙성이 약한 것인지 금방 알 수 있을 것이다.

예를 들면, 최근에 일어난 사건에 대하여 몇 사람이 증언을 할 때, 그들이 말하는 것은 모두 일치할 것인가? 물론 다르다. 잘못 생각하고 있는 사람도 있을 것이고, 증

언할 때에 뉘앙스가 달라지는 사람도 있다. 사실을 제대로 말하는 사람도 있을 것이고, 마음이 변해서 사실을 왜곡하여 말하는 사람도 있을 것이다. 그리고 서기들도 역시 공정하게 받아 적으리라는 보장도 없다. 그러한 의미에서 역사학자도 역시 공정하게 쓸지 어떻지는 알 수 없는 일이다. 자신의 지론을 전개하고 싶을지도 모를 일이고 빨리 그 장(章)을 끝내고 싶을지도 모른다.(재미있는 일은 프랑스의 역사책에는 각 장의 첫머리에 '이것은 진실이다'라는 한 마디가 반드시 들어 있다.)

 그러므로 역사학자의 이름만 보고 무엇이든 옳다고 생각하지 않는 것이 좋다. 자기 스스로 분석하고 스스로 판단해야 한다. 그렇다고 해서 역사 따위는 공부할 필요가 없다고 말하는 것은 아니다. 누구나가 인정하는 역사적 사실이라는 것은 존재하며, 사람들의 입에도 오르내리고 책에서도 다루어지고 있다. 그러한 것들은 알아 두는 것이 좋다.

예를 들어, 시저의 망령이 브루투스 앞에 나타났다고 여기저기에 쓰고 있는 학자들이 있다. 나는 그런 이야기는 전혀 믿지 않는다. 하지만 그러한 말이 화제에 오르고 있다는 사실조차 전혀 모른다는 것은 부끄러운 일이다.

이 외에도 역사학자가 그렇게 기술했을 뿐 아무도 믿지 않음에도 그것이 당연한 일처럼 화제에 오르내리고 책에도 기록되는 것들도 있다. 그렇게 해서 정착된 것이 이교도 신학이다. 주피터, 마르스, 아폴로 등의 고대 그리스의 신들도 그렇다.

아무리 역사에 대해서 회의적이라 하더라도 이와 같이 상식화되어 있는 것들은 철저하게 공부할 필요가 있다. 아니, 오히려 역사는 인간이 세상을 살아가는 데 있어 다른 어떤 것보다도 필요한 것인지도 모르겠다.

'과거의 척도'로 현재를 재지 마라

다만, 과거에 그러했다고 해서 현재도 그렇다고 단정적으로 말해서는 안 된다. 과거의 예를 들어 현재의 당면 문제를 검토하는 것은 좋지만, 그렇게 하는 데 신중을 기하지 않으면 안 된다.

과거에 일어난 사건의 진상이란 아무리 노력해도 알아낼 도리가 없다. 기껏 해야 '추측'이 고작이다. 무엇이 원인이었는지, 도무지 알 도리가 없는 것이다.

위대한 학자들 중에는 공사를 불문하고 비슷하다는 이

유만으로 무턱대고 과거의 사례를 끌어다 대는 사람이 있다. 그러나 이것은 어리석은 행동이다. 이 세상에 똑같은 사건이란 일어날 수도 없고 일어난 예도 없다. 게다가 어떤 역사가라 하더라도 사건의 전모를 기록한 사람은 없을 것이므로(전모를 파악하고 있는 사람조차 없을 테니), 그것을 근거로 한 논쟁 따위는 무의미한 헛수고나 다름없다.

그러므로 옛날의 학자가 기록했으니까, 시인이 썼다는 이유만으로 함부로 예를 들어 인용해서는 안 된다. 사건은 하나하나가 모두 다른 것이므로 각각 따로따로 논해야 하는 것이다. 비슷하다고 생각되는 예를 참고로 하고 싶으면 해도 좋지만, 그것은 어디까지나 참고로 하는 데 그쳐야 하는 것이지 판단의 근거로 삼아서는 안 된다.

나는 '역사'에서
이런 것을 배웠다

● ● ● ●

이런저런 이야기를 했지만, 과거의 역사를 공부하는 것은 정말로 중요하단다. 일반 사람들이 알고 있는 것은, 신용할 수 있는 역사학자의 책을 읽고 공부한 것이다. 그것이 옳은 것이든 잘못된 것이든 우선 지식으로서 익혀 두는 것은 중요하다.

그런데 역사의 공부 방법이 문제가 되는데, 너는 어떤 방식으로 공부를 하고 있느냐? 시간과 노력을 절약하기 위해 대사건을 중심으로 공부하고 나머지는 대충 훑어보는 식으로 공부하는 사람이 있는가 하면, 어느 것에나 똑같은 노력을 쏟고 어느 것이나 똑같이 익히는 식의 공부를 하는 사람도 있다.

그렇지만 나는 다른 방법을 권하고 싶구나. 우선 나라별로 간단한 역사책을 읽고 개략적인 개요를 파악하도록 한다. 그리고 그것과 병행해서 특히 중요한 포인트, 이를테면 어디를 정복했다거나 왕이 바뀌었다거나 정치 형태가 바뀌었다는 등 중요하다고 생각되는 것을 뽑아낸다. 마지막으로 뽑아낸 사건에 대하여 자세히 씌어 있는 논문이나 서적을 읽고 철저하게 공부한다. 그때 자기 스스로 깊이 통찰하는 것이 중요하다. 원인을 캐내고 그것이 무엇을 불러일으켰는가를 생각해 보는 것이 중요하다.

'책'에서 배우고 '사람'한테서 배워라

프랑스의 역사에 관해서는 매우 짧지만 아주 잘 씌어져 있는 르 장드르(Le Gendre)의 저서가 있다. 그것을 자세히 읽으면 프랑스 역사의 개략적인 면은 알 수 있을 것이다. 그리고 역사적으로 중요한 포인트를 알고 나면, 이번에는 메제레이(Mezeray: 1610~1683)의 역사책이 도움이 될 것이다. 그밖에도 각각의 시대와 사건에 대해서 상세히 기술되어 있는 역사책이나 정치적 관점에서 씌어진 논문 등 참고가 될 수 있는 것들은 얼마든지 있다.

근대에 대해서는 필립 드 코민느(Philippe de Commines: 1445~1509, 프랑스의 정치가이자 역사가)의 회고록을 비롯해서 루이 14세 시대에 씌어진 역사책이 많이 나와 있다. 적당히 골라서 읽으면 한 시대나 사건에 대해서 입체적으로 알 수가 있을 것이다.

책이 아니더라도 프랑스에서 여러 계층의 사람들과 이야기를 나눌 때, 만일 역사와 같은 딱딱한 얘기를 능숙하게 화제에 올릴 만한 기량이 있다면, 그것을 시도해 보는 것도 하나의 방법이다. 가령 역사에 관심이 없는 사람이라도 자기 나라의 역사를 모른다고는 하지 않을 것이고, 누구나가 조금은 알고 있을 것이다. 비록 역사책을 한 권밖에 읽지 않았지만(실제로는 그런 사람이 많다.), 그렇기 때문에 오히려 그 책을 읽은 것을 자랑스럽게 생각하고 기꺼이 이야기해 줄지도 모른다.

그런 의미에서 프랑스 여성들은 그런 종류의 책을 자주 읽고 있으니까 틀림없이 참고가 될 것이다. 그리고 이렇게 해서 얻은 지식은 책에서 얻은 것과는 또 다른 느낌을 줄 것이다.

인생의 결정적 수단은 '독서 습관'

● ● ● ●

세상은 한 권의 책과도 같은 것이다. 지금 내가 너에게 이야기하고 싶은 것은 바로 이 책(세상)에 관한 것이다. 이 책에서 얻어지는 지식은 지금까지 출판된 모든 책을 합친 지식보다 훨씬 많은 도움을 준다. 그러니 훌륭한 사람들의 모임이 있을 때는 아무리 훌륭한 책이라도 접어 두고 나가는 것이 좋다. 그러는 것이 몇 배 더 나은 공부가 된다.

물론 그렇다고 해서 독서를 게을리 하라는 말은 아니다. 책에서는 정말 어마어마하고 다양한 것들을 얻을 수 있다. 그러나 세상을 살아가다 보면 독서에 할애할 시간이 언제나 넘치지는 않을 것이다. 그래서 그 얼마 안 되는 짧은 시간을 이용해 책을 읽으려면 어떻게 하는 것이 좋은지 그 문제에 대해서 몇 가지 이야기를 하고 싶구나.

우선, 쓸모없는 따분한 책으로 시간을 소비하는 행동은 하지 않는 것이 좋겠다. 그러한 책은 달리 쓸 것이 없는 나태한 저자가 역시 나태하고 무지한 독자를 노리고 쓰고 있는 경우가 많은데, 우리 주위를 둘러보면 이런 책은 얼마든지 있다. 이런 책은 손을 대지 않는 것이 상책이다.

'하루 30분간 독서법'을 길러라

책을 읽을 때는 목적을 하나로 압축하고 그 목적을 달성할 때까지는 다른 책에 손을 대지 말아야 한다. 네 장래를 생각한다면, 예를 들어 현대사 가운데서도 특히 중요하고 흥미를 끄는 시대를 몇 개 뽑아서 그것을 순차적으로 망라해 나가는 방법은 어떨까?

우선, 웨스트팔리아(Westphalia) 조약에 초점을 맞추었다고 하자.(현대사의 시작으로는 실로 올바른 선택이라고 할 수 있잖니?) 그렇다면 그것에 관한 책 이외의 것에는 일체 손을

대지 말고 신뢰할 수 있는 역사책이나 문서, 회고록, 문헌 등을 차례로 읽고 비교해 보는 것이 좋다.

이런 종류의 연구에 몇 시간씩이나 일부러 시간을 소비하라는 말은 아니다. 좀더 다른 방법으로 자유로운 시간을 효과적으로 사용할 수 있다면 그것도 좋다. 독서를 할 때엔 한 번에 몇 가지 테마를 추구하기보다는 하나로 압축해 체계적으로 추구하는 편이 능률적이라고 생각한다.

여러 가지 책을 읽어 나가다 보면 내용이 상반되거나 모순되는 일도 일어날 것이다. 그럴 때는 다른 책과 비교하거나 의견을 구하도록 해라. 물론 이것은 옆길로 벗어나는 것이 아니다. 오히려 이렇게 함으로써 기억에 오래 남을 것이다.

가령, 무엇에 대해서 책을 읽었는데도 선뜻 머리에 들어오지 않을 때가 있을 것이다. 하지만 같은 책이라도 우연히 정치가들 사이에서 화제가 된다거나 사람들로부터 이야기를 듣거나 하면, 책만으로는 파악할 수 없었던 것이 쉽게 머리 속으로 들어오는 일이 있다. 그렇게 해서 얻은 지식은 의외로 완벽한 것이 된다. 그리고 여간해서는 잊어버리지 않게 된다. 사건이 일어났던 현장으로 직접 찾아가서 이야기를 듣고 오는 것도 그런 의미에서는 좋은 일이다.

사회인이 되고 나서의 독서 방법에 대해서는 다음 몇 가지 항목으로 요약할 수 있다.

① 현재 사회로 한 걸음 내디딘 지금, 많은 책을 읽을 필요는 없다. 그보다는 여러 계층의 사람과 대화를 나눔으로써 정보를 모으는 편이 훨씬 유익하다.

② 무익한 책은 더 이상 읽지 말도록 해라.

③ 하나의 테마로 압축하고 그것에 관련된 책을 읽도록 해라.

위에서 지적한 사항을 잘 지킨다면 하루 30분의 독서로 충분할 것이다.

눈과 귀로 배운 지식이야말로
참된 '지식'이다

● ● ●

만일 이 편지가 무사히 너에게 도착한다면, 아마도 너는 베니스에서 로마로 갈 준비를 하고 있겠지. 지난번 편지에 하트 씨에게 부탁한 바와 같이 로마까지는 아드리아 해 연안의 리미니, 로레토, 앙코나를 거쳐서 가는 것이 좋겠다. 모두 들러 볼 가치가 있는 곳이란다. 그러나 체류할 정도는 아니고, 직접 가서 보기만 하면 충분할 것이다.

그 주변에는 고대 로마의 유물, 유명한 건축물이나 회화, 조각 등의 예술품이 많이 있는데, 어느 한 가지도 빼놓기가 아까운 것들뿐이니 관심을 갖고 보아 주기 바란다.

 젊은 사람들은 경박하고, 주의가 산만하고, 무슨 일에나 무관심해서 '보더라도 보이지 않고, 듣더라도 들리지 않는 경우'가 많다고들 흔히 말하더구나. 겉으로밖에 보지 않거나 주의를 기울이지 않고 듣는다면 차라리 보거나 듣지 않은 것만도 못하지 않겠니?

 그러나 나는 네가 보내 준 여행기를 보고, 네가 여행하는 곳마다 자세히 관찰하고 이런저런 의문을 품고 있다는 것을 알았다. 그것이야말로 여행의 참된 목적이라 할 수 있겠다.

 여행을 하더라도 목적지를 전전할 뿐, 다음 목적지까지 어느 정도나 걸리고 숙소는 어딘가라는 쓸데없는 데 정신이 팔려 있는 사람은 아무 것도 얻지 못한다. 가는 곳마다 교회의 첨탑이나 시계, 호화 저택을 보고 탄성을 지를 뿐이라면 차라리 여행을 하지 않는 편이 낫다고 하겠다.

 반면에, 어디를 가든 그 지방의 정세나 다른 지방과의 관계, 약점, 교역, 특산물, 정치 등을 꼼꼼히 관찰하고 오는 사람이 있다. 그곳 사람들과의 교류를 돈독히 하고 그 지방의 독특한 예절이라든가 풍습을 터득하고 오는 사람도 있다. 여행을 해서 득이 되는 사람은 바로 이러한 사람들이다. 그리고 이런 사람들은 여행하기 전보다 더욱 현명한 사람이 되어 돌아온다.

여행지에서는 '호기심 많은 인간'이 되어라

로마는 인간의 감정이 갖가지 모양으로 생생하게 표현되고, 그것이 훌륭하게 예술로 결집해 있는 도시란다. 그런 도시는 좀처럼 보기 힘들다. 그러니 로마에 체류하는 동안은 캐피털이나 바티칸 궁전, 판테온을 보는 것만으로 만족하지 말기를 바란다.

1분의 관광을 위해 10일에 걸친 정보수집을 하기 바란다. 로마 제국의 본질, 교황이 지닌 권력의 성쇠, 궁정의 정책, 추기경의 책략, 교황 선거의 뒷얘기 등 절대적인 힘을 자랑했던 로마 제국의 내면적인 것이라면 무엇이든 깊이 파고들어 가 보려무나.

어느 지방이나 그 지방의 역사와 현재의 모습에 대하여 간단하게 소개한 소책자가 있다. 그것을 먼저 읽어 보는 것이 좋다. 부족한 부분도 있지만 지침은 될 수 있을 것이다. 그것을 읽고 나서 좀더 자세히 알고 싶은 부분이 있으면, 그 고장 사람에게 물어보면 쉽게 알 수 있을 것

이다.

그렇다. 모르는 점에 대해서는 그것을 잘 알고 있는 사려 깊은 사람에게 물어보는 것이 제일 좋은 방법이다. 책에 아무리 완벽하게 나와 있다 하더라도 그것을 통해 완벽한 정보를 얻기는 어려운 일이다.

영국에도 자기 나라에 대해서 자세하게 설명해 놓은 책이 여러 권 나와 있을 것이다. 프랑스에도 그러한 책은 많이 있다. 그러나 어떤 책이든 정보로서는 불완전하다. 그렇다고 해서 읽을 가치가 전혀 없다는 얘기는 아니다. 읽을 가치는 있다. 읽으면 자신이 지금껏 모르고 있던 부분을 알게 되기 때문이다. 그것은 만일, 그 책을 읽지 않았더라면 머릿속을 스치지도 않았을 그런 것들이다.

모르는 부분이 있으면 하다못해 한 시간이라도 좋으니 내정에 밝은 의장이나 의원에게 질문을 해보면 된다. 프랑스 전체의 책을 모두 긁어모아도 알 수 없는 프랑스 의회의 내정을 조금은 알게 될 것이다.

만일 군대에 대한 지식을 얻고 싶다면 장교에게 물어보면 좋을 것이다. 어떤 사람이든 일반적으로 자신의 직업에 애착을 가지고 있기 마련이므로, 자신의 직업 이야기를 하면 싫어하지는 않을 것이다. 더군다나 자기 직업에 대해서 무엇인가 질문을 받거나 하게 되면 신이 나서 계속 떠들어 댈지도 모른다.

그러니 어떤 모임에서 군인을 만나게 될 경우가 있으면 여러 가지를 물어보도록 하렴. 훈련법, 야영 방법, 군복의 배급 방법, 또는 급료, 부수입, 검열, 야영지 등 알고 싶은 것은 무엇이든 물어보려무나.

마찬가지로 해군에 관한 정보도 모아 보 면 좋을 것이다. 지금까지 영국은 프랑스 해군과 항상 깊은 관계를 유지해 왔다. 앞으  로도 그 관계는 지속될 것이며, 알아 두어서 손해 될 것은 없을 것이다. 직접 해외에서 몸으로 익힌 정보가 영국으로 돌아왔을 때 얼마나 너를 돋보이게 하고, 또한 실제의 해외 교섭에 얼마만큼의 도움이 될지 생각해 보려무나. 상상 이상일 것이라고 나는 생각한다. 실제로 이 분야에 정통하고 있는 사람은 지금까지 거의 없었다. 미개척 분야인 것이다.

관습에 물들기 전에
다양하게 체험해라

● ● ●

 하트 씨의 편지에는 언제나 적지 않게
너를 칭찬한 말이 있는데, 이번 편지에
는 특히 기쁜 소식이 적혀 있더구나. 로마에 있는 동안
너는 이탈리아 사람들 틈으로 들어가 보려고 시종 노력
한 반면에 영국 부인의 제창으로 결성된 영국인 집단에
는 가담하지 않으려고 했다더구나. 이것은 분별 있는 행
동, 즉 왜 너를 외국에 보냈는지 내 뜻을 제대로 이해한
행동이어서 나는 무척 기쁘구나.

여러 나라의 사람들과 사귀는 것이 한 나라의 사람만
아는 것보다 훨씬 유익하다. 이런 분별 있는 행동을 어느

나라에 가더라도 계속해 주기 바란다. 특히 파리에서는 30명이 아니라 300명 이상의 영국인이 무리를 지어 살고 있는데, 그들은 프랑스 사람들과 이야기를 나누는 일도 없이 자기네들끼리만 생활하고 있단다.

파리에 체류하고 있는 영국 귀족들의 생활상은 대개 비슷비슷하다. 우선 아침에는 늦게까지 이불 속에 누워 있다. 일어나면 즉시 아침 식사를 하는데, 보통 친구들과 함께 한다. 이것으로 완전히 오전의 두 시간을 허비한다. 식사가 끝나면 마차가 기울어질 정도로 올라타고 궁정이나 노트르담 사원으로 몰려 나간다. 그리고는 찻집으로 들어가는데, 거기서 저녁을 겸한 즉석 술 파티가 시작된다. 식사 후에는 줄줄이 극장으로 향한다. 연극이 끝나면 모두들 또다시 술집으로 몰려간다. 그리고 이번에는 코가 비뚤어지도록 술을 마시고는 자기들끼리 말다툼을 하거나 거리로 나와 싸움을 벌이기도 한다. 그리고 결국에 가서는 경찰에게 붙잡히는 꼴이 되기도 하지.

이런 생활의 반복으로는 프랑스어를 익힐 수가 없다. 그럼에도 본국으로 돌아와서는 외국물을 마셨다고 자랑하고 싶은 마음에 아무 데서나 서투른 프랑스 말을 지껄이는데 기묘하고 엉터리일 수밖에 없다.

이렇게 되지 않도록 너는 프랑스에 있는 동안 프랑스 사람들과 사이좋게 교제하기를 바란다. 노신사는 좋은 본보기가 될 것이고, 젊은 사람과는 함께 노는 것이 좋다.

'타관 사람'의 옷을 벗어 던지면 '진면목'을 볼 수 있다

그렇다고는 하지만, 고작 1주일이나 10일 동안 머물면서 그들과 아주 절친한 사이가 될 수는 없다. 상대방도 역시 그렇게 짧은 시간에는 친구가 되는데 주저감을 느끼게 될 것이다. 그것뿐이라면 그래도 괜찮다. 서로 인사를 나누는 것조차 거절했다고 해서 그를 비난할 수는 없다.

그러나 몇 개월 정도 체류하게 된다고 하면 이야기는 달라진다. 그 지방의 사람들과 격의 없이 사귈 시간이 있으니까 말이다. 자연히 '타관 사람'이라는 선입견은 없어지게 될 것이다. 이것이 여행의 참다운 즐거움이 아니겠니? 어디를 가든 그곳 사람들과 허물없이 마음을 터놓고 사귀고, 그곳 사회에 끼어들어 그곳 사람들의 참모습을 접하는 것이다.

이것이 바로 그 지방의 습관을 알고, 예절과 접하고,

다른 고장에는 없는 특성을 아는 유일한 방법이라고 나는 생각한다. 이것은 단 30분간의 형식적인 방문으로는 얻어질 수 없는 것이다.

세계 어느 곳이나 인간의 본성은 비슷하다. 단지 그것을 어떻게 표현하느냐에 따라 달라질 뿐이다. 그것은 지방에 따라, 환경에 따라 다른 형태를 취한다. 우리는 그 갖가지 모양과 다양하게 교제해 나가야 한다.

예를 들면 '야심'이라는 감정이 있는데, 이것은 누구나가 가지고 있는 것이다. 그러나 그것을 만족시키는 수단은 교육이나 풍습에 따라 다르다. 예의를 갖추는 마음도 기본적으로는 누구나가 가지고 있는 감정이지만 그 마음의 표현방식은 모두 다르다.

영국의 국왕에게 절을 하는 것은 경의의 뜻을 표현하는 것이 되지만, 프랑스 국왕에게 절을 하는 것은 실례가 된다. 전제군주 앞에서는 땅바닥에 엎드려 절을 해야 하는 나라도 있다. 이와 같이 예절은 그 지역에 따라, 시대에 따라, 사람에 따라 다르다.

그런데 이 예절이 어떻게 해서 생겼느냐 하는 문제에 이르면, 우연한 연유에서 생겨나 이어져 내려온 것이라고밖에 말할 도리가 없다. 아무리 현명한 사람이라도, 분별을 가진 사람이라도 세계 모든 지역의 예의범절을 제시해 보일 수는 없다. 그것을 할 수 있는 사람은, 실제로 그 지방에 가서 자기 눈으로 보고 몸으로 체험한, 그 사회에 대해 잘 알고 있는 사람뿐이다.

예절은 이성이나 분별로는 설명할 수 없는 것, 우연한 계기로 인해 생겨난 것임을 부정할 수 없다. 그렇지만 그것이 거기에 엄연히 존재하고 있는 이상 그것을 따라야 할 것이다. 왕이나 황제에 대한 예의만을 얘기하고 있는 것이 아니다. 모든 계층 속에는 관습과 같은 것이 존재하고 있다. 그러니 그것에 따르는 편이 좋다는 말이다.

'바깥쪽이 아니라 안쪽을 들여다보는' 즐거움

분별력이 있는 사람은 어디를 가든 그 지방의 풍습을 익히고 그것에 따르려고 한다. 전 세계 어디를 가든 그렇게 하는 것이 필요하다고 나는 생각한다. 도덕적으로 용납될 수 없는 것이 아닌 한 어떠한 것이라도 그 지방의 것에 따르는 편이 좋다.

그때 가장 도움이 되는 것은 적응력과 순간적으로 그

장소에 알맞은 태도를 결정할 수 있는 순발력이다. 이런 능력을 몸에 익히도록 힘껏 노력해 주기 바란다.

여러 지방을 방문하고 그 지방의 존경받는 사람들과 친교를 맺음으로써 너는 그 지방의 인물로 변신할 것이다. 그렇게 되면 너는 이미 영국인이 아니다. 프랑스인도 아니다. 이탈리아인도 아니다. 유럽 사람이 되는 것이다. 여러 지방의 좋은 풍습을 겸허하게 받아들여서 파리에서는 프랑스 사람, 로마에서는 이탈리아 사람, 그리고 런던에서는 영국 사람이 되도록 해라.

그런데 너는 이탈리아 말이 서투르다고 생각하고 있는 것 같더구나. 하지만 프랑스 귀족들을 보려무나. 그들은 스스로는 깨닫지 못하지만 훌륭한 산문을 말하고 있다. 그와 마찬가지로 너도 스스로는 깨닫지 못하고 있지만 훌륭한 이탈리아 말을 이해하고 있을 것이다. 왜냐하면 너 정도로 프랑스어, 라틴어에 정통하고 있다면 이미 이탈리아어의 절반은 알고 있는 것이나 다름없기 때문이란다. 사전 같은 것은 거의 들춰볼 필요성을 느끼지 않을 것이다.

다만 숙어나 관용구, 미묘한 표현 등은 현지에서 실제

로 이야기해 보면 해결될 것이다. 상대방의 말을 주의 깊게 듣고 있으면 그런 것은 쉽게 익히게 될 것이다. 그러니 잘못된 말이건 아니건 구애받지 말고 계속해서 사람들에게 말을 걸어 보아야 한다.

프랑스어로 '안녕하세요?' 라고 말을 거는 대신 갓 익힌 이탈이아어로 '안녕하세요?' 라고 인사하면 된다. 그렇게 하면 상대방은 이탈리아어로 또 무엇인가를 대답해 줄 것이다. 그러면 그것을 또 익히면 된다. 그리고 이런 대화를 반복하다 보면 의외로 쉽게 이탈리아어를 배울 수 있게 될 것이다.

여러 가지 이야기를 했지만, 너를 해외로 보낸 것도 이러한 것을 몸에 익히기를 바랐기 때문이다. 어디를 가든 관광만으로 만족하지 말고 그 고장의 깊숙한 곳까지 꼼꼼히 보고 오기를 바란다. 현지 사람들과 친밀한 교제를 나누어 관습, 예절 등을 배워 오기 바란다. 현지의 말을 배우기 바란다. 그렇게만 되어 준다면 나의 고생도 보답을 받은 거나 다름없을 테니까 말이다.

자신의
의견을
가져라

자기주장이 없으면 발전하지 못한다.
판단력과 표현력을 몸에 익혀라.

'타인의 생각'으로
옳고 그름을 판단하지 않는가

• • •

이 편지가 도착할 즈음이면 너는 이미 라이프치히에 돌아와 있을 것이다. 드레스덴에서의 궁정 사회에서 너는 어떤 인상을 받았을까? 현명한 내 아들이니만큼 드레스덴에서의 축제 기분은 모두 떨쳐 버리고, 다시 학업에 열중하고 있으리라 믿는다.

만일 궁정이 마음에 들었다면, 공부를 해서 지식을 축적하는 것이 사람들에게 인정받을 수 있는 첫째 지름길이라는 것을 명심해 주기 바란다. 지식도, 인덕도 없는 궁정인이란 차마 눈뜨고 볼 수 없단다. 그와는 반대로,

지식과 인덕이 있고 기품과 겸손한 태도를 몸에 익힌 사람들은 참으로 훌륭하다. 너도 그것을 목표로 삼으면 좋을 것이다.

궁정은 거짓과 가식이 똘똘 뭉쳐진 덩어리이며 겉과 속이 전혀 다른 세계라고 일컬어지는데, 그것이 과연 옳은 말일까? 나는 그렇게 생각하지 않는다.

확실히 궁정은 거짓과 가식의 덩어리이고 겉과 속이 전혀 다른 면이 있기는 하다. 그러나 그것이 궁정에만 한정된 이야기는 아니다. 만약 이 세상에 그렇지 않은 장소가 있다면 한번 가보고 싶구나.

순박한 농부들이 모이는 시골의 오두막도 역시 마찬가지가 아닐까? 서로 이웃한 밭을 가진 농부들은 어떻게 하면 이웃 사람보다 많이 출하할 수 있을까 여러모로 궁리하고 실천에 옮기고 있을 것이 틀림없다. 대지주 앞에서는 어떻게 하면 그의 마음에 들 수 있을까 온갖 작전을 다 짜고 있을 것이다. 그것은 궁정인이 왕자의 비위를 맞추는 것과 전혀 다를 바가 없다.

시인들이 시골 사람들은 순진하고 가식과 거짓이 없고, 궁정인은 거짓투성이라고 주장하고, 단순하고 어리석은 자들이 그것을 그대로 믿는다 할지라도 진실은 바뀌지 않는다. 양치기나 궁정인이나 똑같은 인간이다. 마음으로 느끼는 것, 생각하는 것은 다를 바가 없다. 다만 그 방식이 조금 다를 뿐이다.

'일반론'을 주장하는 사람을 주의하라

일반론을 내세우거나 옳다고 인정할 때에는 신중을 기해 주기 바란다. 일반론을 주장하는 인물들 중에는 자만심이 강하고 교활한 사람이 많다. 정말 현명한 사람은 그런 것을 내세울 필요가 없다. 교활한 인간이 일반론을 내세우는 것을 보면, 그것에 의지할 수밖에 없는 그가 불쌍할 뿐이다.

세상에는 갖가지 일반론이 활개를 치고 있다. 그것들 중에는 틀린 것도 있는가 하면 옳은 것도 있다. 그러나 대체적으로 자기 생각을 갖지 못한 사람들이 '일반론'이라는 낡은 장식품을 몸에 걸치고 남의 눈에 띄기를 바란다.

나는 그러한 사람이 남의 웃음을 자아내게 하려고 일반론을 들고 나오면, 일부러 위엄 있는 얼굴을 하고서 "그

렇습니까. 그래서?" 하고 뒤에 이어질 말이 당연히 있는 듯한 태도를 취한다. 그러면 자신감이 없고 일반론밖에 의지할 근거가 없는 상대는 다음 말을 잇지 못하고 곤경에 빠져 우물쭈물한다.

자기 자신이 확고한 지식을 가지고 있는 사람은 일반론 같은 것에 의존하지 않더라도 자신의 의견을 확실히 말한다. 시시한 일반론 따위는 내세우지 않더라도 충분히 즐겁고 도움이 되는 화제를 제공할 수 있다. 결국 그러한 사람은 비꼬아 말하거나 일반론을 예로 내세우지 않더라도 상대방을 따분하게 만들지 않고 재치가 넘치는 이야기를 할 수 있는 것이다.

네게는 생각할 수 있는
훌륭한 '두뇌'가 있다

● ● ●

 너는 이미 사물에 대해 침착하게 생각할 수 있는 나이가 되었다. 물론 네 나이 또래의 청년들은 아직까지는 조급하고 불안정하지만 너는 반드시 매사를 깊이 생각하는 습관을 몸에 익혀 주었으면 싶구나. 그리고 진실을 추구하고 왜곡되지 않은 지식을 몸에 익혀 주기 바란다.

하기야, 솔직히 말하면 나도 매우 조급하고 불안정한 청년기를 보냈다. 아니 더 솔직히 말하면 매사를 깊이 생각하는 습관을 몸에 익힌 것은 얼마 되지 않았다.(너를 위해서라면, 감히 부끄러움을 무릅쓰고 고백한다.) 16, 17세까지는

스스로 생각하지 못했다. 후엔 조금씩 나아졌지만, 생각한 것을 무엇에 활용하는 일은 없었다. 읽은 책의 내용을 이해도 못하면서 그대로 받아들였고, 교제하던 사람들의 말도 옳고 그름을 판단 없이 그대로 받아들였다.

시간과 정성을 들여서 진실을 추구하기보다는 틀리더라도 편한 것이 좋다는 안일한 사고방식이었던 것 같다. 생각하는 것을 귀찮게 여겼고 놀기에 바빴다. 그리고 상류 사회의 독특한 사고방식에 다소 반항심도 작용하고 있었다.

때문에 분별 있는 생각을 갖기는커녕, 정신을 차렸을 때는 편견에 젖어 들어 있었다. 스스로는 깨닫지 못했지만, 진리를 추구하는 대신 그릇된 사고방식을 기르고 있었던 것이다.

그렇지만 일단 스스로 생각해 보겠다는 뜻을 세우고 실천에 옮기니 놀랍게도 사물을 보는 견해가 달라졌다. 주어진 사고방식으로 사물을 보거나 실체가 없는 곳에 힘이 있다고 착각하고 있던 그 전과 비교할 때, 사물이 얼마나 질서정연하게 보였는지 모른다.

'독단'과 '편견'에 사로잡혀 먼 길로 돌아갔던 나의 경험

나의 맨 처음 편견은 고전에 대한 절대주의였다. 이것은 수많은 고전을 읽거나 여러 선생님들로부터 강의를 듣는 동안 몸에 밴 것으로, 그 신봉하는 태도는 열렬하기 짝이 없는 것이었다.

나는 이 세상엔 양식이나 양심 따위는 눈곱만큼도 존재하지 않는다고 믿고 있었다. 양식 있는 것, 양심 있는 것은 고대 그리스나 로마 제국과 함께 멸망해 버렸다고 생각했다. 호머(Homers: 고대 그리스의 서사시인)와 버질(Virgil: B.C. 70~19, 로마의 시인)은 고전이기 때문에 옳고, 밀턴(Milton: 1608~1674, 영국의 시인)과 타소(Tasso: 1544~1595, 이탈리아의 시인)는 현재와 가깝기 때문에 볼 만한 가치가 없다고 생각하고 있었다.

그러나 지금은 다르다. 지금은 300년 전의 인간도 현재의 인간과 똑같다는 것을 잘 알고 있다. 어느 쪽이나 단순한 인간이며 다만 그 삶의 방법과 관습이 시대에 따라서 변화할 뿐이고, 인간의 성질 따위는 예나 지금이나 다를 바 없다.

학자인 체하는 교양인은 대개 고전을 신봉하고, 그렇지 않은 사람은 현대물의 열광적인 팬인 경우가 많다. 그렇지만 지금 말한 것들을 종합해서 생각해 보면, 현대인이나 고대인이나 장점이 있는가 하면 단점도 있다. 뒤늦게나마 나는 그렇게 납득하게 되었다.

또 나는 종교에 대한 편견도 대단했다. 한때는 영국 국교를 믿지 않으면 이 세상에서 가장 정직한 사람이라도 구원받지 못한다고 진심으로 믿었을 정도였으니까 말이다.

당시는 몰랐던 것이다. 사람의 생각이나 의견은 그렇게 간단히 바꿀 수 있는 것이 아니라는 것을 말이다. 또한 자기 자신의 의견이 다른 사람의 의견과 당연히 다를 수 있듯이, 다른 사람도 나와 의견이 다를 수 있다는 것을 말이다. 그리고 설령 의견이 다르더라도 서로가 진지하다면 그것으로 족하며, 서로 관용을 가져야 한다는 사실을 나는 몰랐다.

세 번째의 독단적인 생각은 앞에서도 말했지만, 사교계에서 돋보이기 위해서는 '언뜻 보기에 한량 기질'을 자랑해 보일 필요가 있다는 어리석은 생각이었다. '한량 기질'의 사람들이 사교계에서 주목을 끌고 있다는 말을 듣고는 깊이 생각해 보지도 않고 그대로 한량이 되리라

결심했다.

그러나 지금은 그런 것이 두렵지도 않고 아무렇지도 않다. 본인들은 '한량 기질'을 뽐내고 있지만, 아무리 박식한 사람이라도 그들이 말하는 훌륭한 신사라도 '한량 기질'은 단지 오점에 불과하다. 인정받고 싶어 하는 사람들로부터 오히려 좋지 않은 평가를 받고 있을 뿐이다.

편견이란 곰곰이 생각해 보면 정말로 무서운 것이라고 생각한다.

우선 '정말로 자기 생각'인가 아닌가를 확인하라

스스로 머리를 써서 사물을 똑바로 보고 생각하는 습관을 길러 주기 바란다. 우선, 현재 너의 생각들을 하나하나 점검하고, '정말로 스스로 그렇게 생각하는가, 남한테서 배운 대로 생각하고 있는 것은 아닌가, 편견이나 독단에 빠진 것은 아닌가' 하고 다시 생각해 보는 일에서부터 시작하기 바란다.

'좀더 일찍부터 스스로 판단했더라면 좋았을 텐데,' 하고 후회하는 일이 없도록 조금이라도 빨리 시작해야 한다. 물론 인간의 판단력이 언제나 옳은 것은 아니다. 틀릴 수도 있다. 그렇지만 일찍 판단력을 기르는 것이 가장

적은 오류를 범하는 것이다.

판단력을 기르는 가장 좋은 방법은 책이고, 사람과의 교제이다. 그러나 책이든 교제이든, 그것을 과신하고 그대로 받아들여서는 안 된다. 그것들은 어디까지나 신이 인간에게 내려 준 판단력의 보조물에 불과하다.

번거롭고 귀찮은 일이 여러 가지 있겠지만, '생각한다'는 작업만큼은 소홀히 하지 않도록 명심해 주기 바란다.

흐려지지 않는
올바른 판단력을 길러라

• • •

장점이나 덕행이 있으면 그와 비슷한
단점과 부덕이 따르기 마련이며, 자칫
한걸음 잘못 내딛으면 생각지도 못한 과오를 저지를 수
가 있다. 관용은 도가 지나치면 응석이 된다. 이와 마찬
가지로 절약은 인색이 되고, 용기는 만용이 되고, 지나친
신중함은 비겁함이 되기 쉽다.

이런 화두를 꺼내는 것은 다름 아니라 '학식이 풍부하
다'는 장점이 쉽게 빠질 수 있는 함정에 대하여 이야기를
하고 싶었기 때문이다.

지식이 많다고 해도 올바른 판단력이 없으면 '아니꼽

다'거나 '학자인 체한다'는 따위의 엉뚱한 험담을 뒤집어쓰게 될지도 모른다. 너도 언젠가는 많은 지식을 갖게 될 것이다. 그때를 대비해 보통 사람들이 빠지기 쉬운 함정에 빠지지 않도록 지금부터 주의를 해두는 것도 나쁘지는 않을 것이다.

지식은 풍부하게, 태도는 겸허하게

학식이 풍부한 사람은 지식에 자신이 있는 나머지 남의 의견에 귀를 기울이지 않는 경우가 많다. 그리고 일방적으로 자기 판단을 강요하거나 멋대로 단정해 버리기도 한다.

그런 행동을 한다면 어떤 결과가 올까? 그렇게 강요당한 사람들은 모욕당하고 상처 입었다고 느껴 얌전하게 복종해 주지만은 않을 것이며, 분노를 느끼고 반항할 것이다. 심한 경우에는 법적 수단에 호소하는 사태가 일어날지도 모른다.

이런 사태를 피하기 위해서는 지식의 양이 늘어나면 늘어날수록 겸손한 태도를 가져야 한다. 확신이 있는 일에 대해서도 그다지 확신이 없는 것처럼 가장하고, 의견을 말할 때도 단정적으로 말하지 말아야 한다. 남을 설득하

고자 한다면 상대방의 의견에 차분히 귀를 기울여라. 그 정도의 겸허함도 없어서는 안 된다.

만일 학자인 체하는 아니꼬운 녀석이라는 말을 듣고 싶지 않다면, 또 무식하다고 욕을 먹는 것도 싫다면, 가장 좋은 방법은 일부러 지식을 자랑삼아 드러내지 않도록 하는 일이다. 주위 사람들과 마찬가지로 이야기하며, 꾸미지 말고 순수하게 내용만을 전달하면 된다. 주위 사람들보다 조금이라도 훌륭한 것처럼 보이게 하거나 학문이 있는 것처럼 드러내 보여서는 안 된다.

지식은 회중시계처럼 조용히 주머니 속에 넣어 두는 것으로 족하다. 자신의 지식을 자랑하고 싶어서 필요하지도 않은데 주머니에서 꺼내 보거나 시간을 가르쳐 줄 필요는 없다. 시간을 묻는 사람이 있다면 그때만 대답하면 된다. 시간의 파수꾼도 아닌데 묻지도 않은 사람에게 시간을 알려줄 필요는 없다.

학문은 몸에 지니고 있지 않으면 곤란한, 쓸모 있는 장식품과도 같은 것이다. 몸에 지니고 있지 않으면 크게 창피를 당하게 된다.·지금 내가 이야기한 것처럼 과오를 저질러서 비난을 당하지 않도록 항상 주의하지 않으면 안 될 것이다.

때로는
'농담'도 필요하다

• • •

오늘은 몹시 지쳤다. 무척 피곤하다. 아니 혼쭐이 났다고 말해야겠다. 친척뻘 되는, 학식이 풍부하고 실로 훌륭한 신사가 나를 찾아와 함께 식사를 들고 저녁 한때를 보냈단다.

이렇게 말하니까 '오히려 즐거웠을 텐데 왜 피곤했어요?' 라고 생각할지도 모르지만, 이것은 정말 지루한 시간이었단다. 이 인물은 예의도 모르거니와 대화법도 제대로 모르는, 소위 '학자 바보'였단다.

흔히 잡담을 '근거도 없는 시시한 이야기'라고 말하는데 이 양반의 이야기는 하나같이 근거가 확실한 이야기

뿐이었다. 그런데 정말로 지루하더구나. 아마도 그는 오랫동안 연구실에 틀어박혀, 모든 일들에 대해서 생각을 짜내며 자기주장을 확립했을 것이다. 걸핏하면 자기주장을 들고 나와서, 내가 조금이라도 그의 말에서 벗어난 이야기를 하려고 하면 눈을 부릅뜨고 분개하더구나. 확실히 그의 주장은 하나같이 지당한 것이었다. 그러나 유감스럽게도 그의 주장은 현실성이 결여되어 있었다.

왜 그런지 알겠니? 책만 붙잡고 씨름했지 사람들과 교제를 하지 않았기 때문이란다. 학문에는 정통했지만 인간에 대해서는 전혀 무지하기 때문이란다.

자기 생각을 말로 표현할 때도 차마 옆에서 보기가 민망할 정도로 좀처럼 말이 나오지 않는가 보더라. 또 나왔다 했더니 금방 끊어지고, 게다가 그 말하는 모양은 무뚝뚝하기 짝이 없고, 동작은 세련되지 못했다. 나는 곰곰이 생각해 봤다. 아무리 학식이 풍부하고 훌륭한 인간이라도, 이런 사람과 이야기를 해야 한다면 차라리 교양 없는 수다쟁이와 얘기하는 편이 낫겠다고.

'세상 물정 모르는 절름발이 학자'는 처치 곤란이다

세상 물정을 모르는 사람이 내세우는 이론은, 세상이란

그렇게 이론대로 돌아가는 것이 아니라는 것을 알고 있는 사람을 지치게 만든다. 가령, '세상은 그런 것이 아닙니다.'라고 말참견을 하더라도 그 말참견을 시작하면 한도 끝도 없고, 게다가 상대는 이쪽에서 하는 말은 들은 척도 하지 않을 것이다.

그도 그럴 것이, 상대는 옥스퍼드 대학이나 케임브리지 대학에서 밤낮없이 연구한 사람이니까. 예를 들면, 인간의 두뇌, 마음, 이성, 의지, 감정, 감각, 감상에 대해 보통 사람들이 생각할 수 없는 데까지 세분화하여 인간을 철저히 연구하고 분석해서 자기 학설을 확립한 사람이니 말이다. 그러니 그렇게 쉽게 양보하고 물러설 리가 없다. 자기가 옳다고 생각하는 것도 당연한 것이다.

나는 그것은 그것대로 훌륭한 것이라고 생각한다. 다만 안타까운 점은 실제로 인간을 관찰한 일도 없고 교제해 본 일도 없기 때문에, 인간의 다양한 감정, 습관, 편견에 대해 모르고 있다는 사실이다. 요컨대 실제의 인간에 대해서는 전혀 모르고 있다는 점이다.

이런 사람들은 연구실에서 '인간은 칭찬을 받으면 기

뻐한다'는 사실을 발견하고, 자신도 그것을 실천하려고
한다. 그러나 그 방법을 모른다. 모르기 때문에 무턱대고
칭찬할 수밖에 없는 노릇이다. 그렇게 하면 결과가 어떻
게 되는가는 쉽게 상상할 수 있을 것이다. 칭찬한 말이
그 장소에 어울리지 않거나, 정확하지 않다거나, 타이밍
이 나빴다거나 하면 차라리 아무 말도 하지 않는 편이 더
나을 것이다.

그들은 머리가 자신의 문제로 꽉 차서 주위 사람이 지
금 어떤 상황에 처해 있는지, 어떤 이야기를 하고 있는지
에 대해 생각이 전혀 미치지 못한다. 또한 생각하려는 마
음조차 없다. 그래서 생각난 김에 앞뒤 생각 없이 칭찬해
버린다. 칭찬받은 사람은 당황스럽고 어리둥절하여, 다음
에는 또 무슨 말을 들을지 몰라 조마조마하게 되는데, 그
것도 무리가 아니다.

인간은 어떤 색깔로도 변할 수 있다

세상 물정 모르는 학자에게는, 아이작 뉴
턴이 프리즘을 통하여 빛을 보았을 때처
럼 인간도 색깔별로 분류되어 보이는
것이다. 이 사람은 이 색깔, 저 사람은

147

저 색깔이라는 식으로 말이다. 그러나 경험이 풍부한 염색 기술자는 다르다. 빛깔에도 명도가 있고 채도가 있다는 것을 알고 있다. 한 가지 색으로 보이더라도 여러 가지 색이 뒤섞여 있다는 것을 알고 있다.

애당초 한 가지 색깔만으로 되어 있는 인간이란 없다. 대부분 다른 색깔이 뒤섞여 있거나 그림자가 들어가 있거나 한다. 뿐만 아니다. 비단이 빛을 받은 정도에 따라서 어떠한 색깔로도 변하듯이 상황에 따라 어떤 색으로도 변하는 것이 인간이다.

이러한 것은 세상 물정을 알고 있는 사람이라면 누구나 다 알고 있다. 그러나 세상으로부터 격리되어 혼자 연구실에 틀어박혀 있는 자신만만한 학자는 그것을 모른다. 이것은 머리로 생각해서 알 수 있는 일이 아니다. 따라서 공부한 것을 실천하려고 해도 뒤죽박죽이 되어 생각대로 되지 않는다.

그 점에서 자신의 눈으로 보고 귀로 들어 세상을 알고 있는 사람은 전혀 다르다. 언제, 어디서, 어떻게 칭찬하면 좋은지 제대로 터득하고 있다. 말하자면 환자의 체질에 알맞은 투약을 할 수가 있는 것이다. 그들은 직접 칭찬하지는 않는다. 완곡하게 비유적으로 혹은 암시적으로 칭찬을 한다. 결국, 머리로 생각하는 것과 현실 사이에는 큰 차이가 있다는 것을 알아야 한다.

책에서 얻은 '지식'은 실생활에서 살려야 '지혜'가 된다

그런데 너는 지식과 인격이 훨씬 모자란 사람들이 우수한 사람들을 아주 기술적으로 조종하고 있는 것을 본 일이 있느냐? 나는 지금까지 여러 차례 그러한 사례를 보았단다. 이러한 일이 일어나는 것은 으레 열등한 사람들 쪽이 세상을 살아가는 지혜가 뛰어난 경우였다. 그들은 지식과 인격은 있지만 세상 물정에 어두운 사람들의 맹점을 이용해 그들을 자기 뜻대로 조종한다.

자기 눈으로 보고, 관찰하고, 실제로 체험해서 세상일을 알고 있는 사람은 단순히 책을 통해서 세상일을 아는 사람과는 근본적으로 다르고, 훨씬 우수하단다. 그것은 잘 훈련받은 말이 노새보다 훨씬 쓸모가 있는 것과 같은 이치다.

너도 이제 지금까지 공부해 온 것과 보고 들은 것을 종합하여 자기 나름대로의 판단을 내리고, 인격이나 행동

양식, 예의범절을 굳히지 않으면 안 될 시기에 이르렀다. 앞으로는 세상을 알고 그것에 더욱 세련미를 가하면 된다. 그런 뜻에서 세상에 대해 잘 알 수 있는 책들을 선택해서 읽는 것이 좋을 것이다. 씌어 있는 것과 현실을 비교해 보면 좋은 공부가 될 것이다.

예를 들면, 오전 중에 있었던 공부 시간에 라로슈푸코(La Rochefoucauld: 1613~1680, 프랑스의 작가)의 격언을 몇 줄 읽고 깊이 고찰했다고 하자. 그것을 밤에 사교장에서 만나는 사람들에게 적용시켜 생각해 보면 좋을 것이다. 또 라브뤼에르(La Bruyere: 1645~1696, 프랑스의 모럴리스트)를 읽었다면 거기에 묘사되어 있는 세계는 어떤 것인가를 실제로 밤의 사교장에서 확인해 보는 것이다.

책에는 인간의 마음의 움직임, 감정의 동요 등에 대해서 씌어 있다. 그것을 미리 읽어 두는 것은 좋은 일이다. 그러나 읽는 것으로 끝내서는 안 된다. 실제로 사회에 발을 들여놓고 관찰해야 한다. 그렇게 하지 않으면 모처럼 얻은 지식이 죽은 것이 된다. 뿐만 아니라 그릇된 방향으로 나가 버리게 된다. 방안에 세계 지도를 펼쳐 놓고 지도가 뚫어지게 들여다본들 세계에 대해서는 아무것도 알 수가 없는 것이다.

어떻게 해야 '설득력'을
익힐 수 있는가

● ● ●

영국에서 율리우스력(Julius 曆)을 그레고리오력(Gregorio 曆)으로 개정하는 법안을 상원에 제출했을 때의 일에 대해서 말하련다. 틀림없이 너에게 참고가 되리라 생각한다.

율리우스력이 태양력을 11일 초과하는 부정확한 달력이라는 것은 모두들 잘 알고 있는 사실이었다. 그것을 개정한 사람이 교황 그레고리우스 13세로, 그레고리오력은 즉시 유럽 가톨릭 나라에 받아들여졌고 이어서 러시아와 스웨덴과 영국을 제외한 모든 프로테스탄트 나라에도 받아들여졌다.

유럽의 주요 국가들이 그레고리오력을 사용하고 있는데, 여전히 우리나라만 오차가 많은 율리우스력을 사용하고 있는 것은 대단히 불명예스런 일이라고 나는 생각했다. 나 말고도 해외를 자주 왕래하던 정치가나 무역상들도 불편과 곤란함을 느낀 사람이 많이 있었다. 그래서 나는 영국의 달력을 개정하기 위해 계획을 세웠다.

한 나라의 역사를 바꿔 놓은 '나의 화술(話術)'

우선 국가를 대표할 만한 우수한 법률가와 천문학자 몇 사람의 협력을 얻어서 법안을 작성했는데 이때부터 고생이 시작됐다. 당연한 일이지만 법안에는 전문 용어와 천문학상의 계산이 잔뜩 담겨 있었다. 그리고 그것을 설명하기로 한 사람은 그런 것에 대한 지식이 전혀 없는 나였던 것이다.

법안을 성립시키려면 나에게도 다소의 지식이 있어야 했고, 그것을 의원들에게 보여주어야만 했다. 그래서 켈트 어나 슬라브 어로 된 전문지식들을 외웠다. 하지만 그보다 더 중요한 것은 의원들의 관심을 얻는 것이었다.

나는 이집트력(曆)에서 그레고리오력에 이르는 경위만을 일화를 섞어 가면서 재미있게 설명했다. 최대한 관심

을 얻기 위해 말과 행동에 특히 신경을 썼는데 결과는 성공적이었다. 의원들은 이해했다는 듯한 표정을 하고 앉아 있었다. 과학적 설명 따위는 아무것도 하지 않았음에도 의원들은 내 설명으로 모든 것을 분명하게 알았다고 말했다.

그리고 나의 설명에 이어서, 법안 작성에 누구보다도 많은 힘을 써 준 유럽 최고의 수학자이며 천문학자인 마크레스필드 경이 보다 전문적인 이야기를 했다. 그런데 그의 이야기하는 태도가 마음에 들지 않았던 모양인지 모든 찬사가 나에게 집중되고 말았다. 이건 정말 불합리한 일이지만, 세상이란 그런 것이란다. 호감을 주는 화법을 구사하면 그 내용까지 훌륭하게 들리고, 그 사람의 인격까지 높아 보이기 마련이다.

내용도 중요하지만 지엽적인 부분도 중요하다

다른 사람 앞에서 이야기를 할 때는 이야기의 내용보다는 달변인가 아닌가에 따라서 그 사람의 평가가 달라진다. 사적인 모임에서 사람들의 마음을 사로잡고 싶을 때나 공적인 모임에서 청중을 설득하고자 할 때, 이야기의 내용

도 물론 중요하지만 그보다 그 사람의 분위기, 표정, 몸짓, 품위, 목소리, 억양 등 말하자면 지엽적인 부분이 더 중요하다.

나는 피트 씨와 스토마운트 경의 백부가 되는 법무장관인 뮤레이 씨가 이 나라에서 가장 연설을 잘하는 인물이라고 생각하고 있다. 이 두 사람 이외에 영국 의회를 조용하게 진정시킬 수 있는 사람은 없다. 이 두 사람의 연설은 시끄러운 의원들을 침묵시켜 열심히 귀를 기울이게 하는 힘을 가지고 있다. 그분들이 연설을 하고 있는 장소에 가 보면 알 것이다. 바늘 떨어지는 소리까지 들릴 정도이다.

어째서 두 사람의 연설에 그런 힘이 있는 것일까? 내용이 훌륭해서일까? 정확한 증거를 내세우기 때문일까?

나도 그들의 연설에 매료된 사람 가운데 하나이지만, 나중에 기억을 하나하나 더듬어 보면 놀랍게도 내용은 거의 없었고, 테마도 설득력도 결여된 것이 많았다. 즉 표면적인 허식에 매료되어 있었던 것에 불과했던 것이다.

아무런 꾸밈이 없는 논리 정연한 화법은 지적인 사람이 두세 명 모이는 사사로운 모임에서는 설득력도 있고 매

력도 있을지 모른다. 그러나 많은 사람을 상대로 하는 공
적인 장소에서는 통하지 않는다.

　세상이란 그런 것이다. 우리는 연설에서 무엇인가 가르
침을 얻기보다는 즐겁게 듣는 쪽을 선택한다. 원래 가르
침을 받는다는 것은 그다지 기분 좋은 일은 아니다. 무지
하다는 말을 듣는 것과 마찬가지이기 때문이다.

　좋은 웅변가는 우선 목청이 좋아야 할 것이다. 이것은
연설에 그다지 능숙하지 못한 이 나라 사람들에게 있어
서는, 그리고 특히 너에게 있어서는 특히 명심해야 할 일
일 것이다.

자신을 표현하는
'말씨'를 연마하자

● ● ●

화술에 능숙한 사람이 되고 싶다면 어떻게 하면 좋을까? 화술에 능숙한 사람이 되고 싶다는 목표를 항상 마음에 새겨 두고, 그것을 실현하기 위해 책을 읽거나 문장 연습을 하는 등 모든 신경을 거기에 집중시켜야 할 것이다.

우선 자신에게 이렇게 타일러 보자.

'나는 사회에서 남 못지않은 인간이 되고 싶다. 그러기 위해서는 말하는 재주가 능숙하지 않으면 안 된다. 우선 일상 회화의 기술을 연마하고, 정확하고 품위가 있으며 뽐내지 않는 화술을 몸에 익히도록 노력해야 하겠다. 고

전이나 현대 작품을 불문하고 훌륭한 웅변가가 쓴 책을 읽어 보자. 말을 잘하기 위한 목적 하나만으로 그것을 읽자.'

책에서 좋은 표현법을 훔쳐라

실제로 그러한 목적으로 책을 읽을 때는 문체나 말의 사용법에 정신을 집중하는 것이 좋다. 어떻게 하면 좀더 나은 표현이 될까. 그리고 만약 내가 같은 글을 쓴다면 어떻게 할까를 생각하면서 읽는 것이다.

같은 의미의 내용을 쓴다 하더라도 저자에 따라 얼마만큼 표현이 달라지는가, 표현이 달라지면 같은 내용이라도 얼마만큼 인상이 달라지는가에 주의하면서 읽는다면 좋을 것이다. 아무리 훌륭한 내용이라도 말의 사용법이 이상하거나 문장에 품위가 없다거나 문체가 고르지 않으면 얼마나 흥이 깨지는가 등을 잘 관찰해 두면 좋을 것이다.

화법과 문장에서 자기만의 '스타일'을 찾아라

아무리 자유로운 대화라도, 아무리 친한 사람에게 보내는 편지라도 자기만의 스타일을 갖는다는 것은 중요한

일이다.

이야기를 하기 전에 준비를 하는 것이 중요하지만, 그렇게 하지 못한 경우에는 이야기가 끝난 뒤에 '좀더 좋은 이야기 방식은 없었을까' 하고 생각해 보는 것만으로도 많은 도움이 될 것이다.

말은 바르게 사용하고 발음은 명확하게

너는 우리의 마음을 사로잡는 배우들이 어떤 식으로 이야기를 하고 있는지 눈여겨본 일이 있느냐? 잘 관찰해 보면 알겠지만, 훌륭한 배우는 명확하게 발음하고 정확한 말에 중점을 둔다.

말이란 개념을 전달하기 위해 있는 것이다. 그러므로 개념이 잘 전달되지 않는 방법으로 말을 하거나, 귀를 기울이고 싶지 않은 말투를 사용하는 것은 어리석기 짝이 없는 일이다.

하트 씨에게 부탁하면 좋을 것이다. 매일 큰 소리를 내어 책을 읽고 그것을 들어 달라고 부탁하거라. 숨을 이어가는 방법, 강조하는 법, 읽는 속도 등에 부적당한 곳이 있다면 일일이 그 대목에서 중지시키고 지적하여 정정해 달라고 하거라. 읽을 때는 입을 크게 벌리고 한마디씩 분명하게 발음하도록 해라. 조금이라도 빨라지거나 말이 불명료해진다면 그 대목에서 지적을 받도록 해라.

혼자서 연습할 때도 스스로 잘 듣도록 해라. 처음에는 천천히 읽어서 말이 빨라지는 너의 버릇을 고치는 것에 유념하는 것이 좋다. 네 발음에는 무엇인가에 걸리는 듯한 느낌이 있어서, 빠른 말로 할 때는 알아듣기 힘든 부분이 있으니 말이다. 발음하기 힘든 자음이 있으면 완벽하게 발음할 수 있을 때까지 몇천 번이든 연습하거라.

매일 자신의 생각을 문장으로 정리하는 훈련을 해라

시사 문제를 몇 가지 들어서 그것에 대해 제기될 만한 찬성 의견과 반대 의견을 머릿속으로 생각하고, 논쟁을 예상해 그것을 품위 있는 영어로 고쳐 보는 것도 좋은 공부가 될 것이다.

예를 들어 상비군의 존재에 대해서 생각해 보기로 하자. 반대 의견 중 하나로는 강대한 군사력으로 말미암아 주변 국가에 위협을 줄 우려가 있다고 하는 의견이 있을 것이다. 또 찬성 의견 중 하나로는 힘에는 힘으로 대항할 필요가 있다는 의견이 있을 것이다.

이와 같이 찬반양론을 생각해 볼 수 있는 데까지 생각해 보고, 상비군을 갖는 것이 상황에 따라서는 타국의 악을 방지하는 필요악이 될 수 있는지 어떤지 등을 차분하게 생각해 보는 것이다. 그렇게 해서 자기 나름대로의 생각을 정리하고 그것을 부드러운 문장으로 정리해 보아라. 토론의 연습도 되고 항상 능숙하게 이야기하는 습관을 몸에 익히는 연습으로도 상당히 도움이 될 것이다.

'듣는 사람이 무엇을 바라고 있는가'를 생각한다

사람을 제압하려면 과대평가하지 않는 것이 중요하다고 말한 적이 있는데, 특히 연설에서 청중을 기쁘게 하려면 청중을 과대평가하지 않는 것이 중요하다. 나도 처음에 상원의원이 되었을 때는 의회가 존경할 만한 사람들만 모인 집단이라고 생각하고 일종의 위압감을 느꼈었다. 그러나 그것도 잠시일 뿐, 의회의 실정을 알고 나니 그런 생각은 곧 사라져 버리더구나.

나는 깨달았다. 560명의 의원들 중 사려분별이 있는 사람은 고작해야 30명 내외이고 나머지는 거의가 평범한 사람들이라는 사실을 말이다. 그리고 품위가 있는 말로 장식된, 내용이 알찬 연설을 요구하고 있는 것은 그 30명 정도의 사람뿐이고, 나머지 의원들은 내용이야 어떻든 듣기 좋은 연설만 들려주면 만족한다는 사실을 말이다.

　그것을 알고부터는 연설할 때마다 긴장도 적어지고, 나중엔 청중을 전혀 의식하지 않고 이야기의 내용과 화술에만 집중할 수 있게 되었다. 자만심으로 하는 말은 아니지만, 나는 어느 정도 내용이 들어 있는 이야기를 할 수 있을 정도의 양식을 갖추고 있다고 믿기 시작했다.

　웅변가는 솜씨 좋은 제화공(製靴工)과 비슷하지 않을까? 웅변가나 제화공은 어떻게 상대방(청중, 고객)에게 맞출 수 있을까를 파악하면 그 다음은 기계적으로 할 수 있다. 만일 네가 청중을 만족시키고 싶다면, 청중이 좋아하는 방법으로 만족시켜 주지 않으면 안 될 것이다. 연설자는 청중의 본연의 자세까지 좌우할 수는 없다. 있는 그대로의 그들을 받아들일 수밖에 없는 것이다. 그리고 여러 번 말했듯이 청중은 자기들의 오감이나 마음을 사로잡는 것만을 좋아하고 받아들인다.

　라블레(Rabelais Francois: 1494~1553, 프랑스 르네상스 때의 작가이

자 의사)도 역시 그의 최초의 걸작은 아무도 인정해 주지
않았다. 독자의 기호에 맞춰서「가르강튀아와 팡타그뤼
엘 이야기」를 쓰고 나서야 비로소 독자의 마음에 들어 갈
채를 받았던 것이다.

'자기 이름'에
자신과 긍지를 가져라

● ● ●

일전에 네가 청구한 것이라고 하며 액면 90파운드의 청구서가 내게 날아왔는데, 나는 그 순간 '지불을 거절할까?' 라고도 생각했다. 금액이 문제가 아니었다. 이럴 경우에는 사전에 상의하는 편지를 보내는 것이 예의인데도 불구하고, 넌 편지 한 통 보내지 않았기 때문이다.

하지만 그보다도 너의 서명이 어디에 있는지 알 수가 없었다. 청구서를 가지고 온 사람이 손가락으로 가리키는 부분을 확대경으로 보고서야 비로소 한 귀퉁이에 너의 서명이 있다는 것을 알게 되었다. 처음에는 '글씨를

쓸 줄 모르는 사람의 X표 사인인가?' 하고 생각하고 있었는데, 그게 너의 서명이었던 것이다. 나는 그렇게 작고 보기 흉한 서명을 아직 본 적이 없다.

신사 또는 적어도 비즈니스 세계에 몸담고 있는 자는 언제나 동일한 서명을 하는 것이 관례로 되어 있다. 그렇게 함으로써 자기 서명이 보는 사람의 눈에 익숙해지고 가짜가 통용되는 우려를 방지할 수 있는 것이다. 또한 흔히 서명을 할 때에는 다른 문자보다도 큼직하게 쓴다. 그런데 너의 서명은 다른 문자보다도 훨씬 작았고, 보기에도 몹시 흉했다.

이 서명을 보고, 나는 갖가지 좋지 않은 사태를 상상해 보았다. 각료에게 이런 서명이 든 편지를 보낸다면, 이것은 보통 사람이 쓰는 글씨가 아니라 기밀문서일지도 모른다고 생각하고 암호 해독 관계자에게 보내 버릴 것이다. 만일 병아리를 보내는 척하고 그 안에 러브레터를 숨겨 넣는다면(이것은 프랑스의 앙리 4세가 연애편지를 보낼 때에 흔히 쓰던 수법으로, 그 때문에 지금은 병아리와 짧은 러브레터를 모두 'pullet'라고 한다.) 그것을 받아 본 여성은 그 편지를 장사치가 쓴 것이라고 생각할 것이다.

당황하고 있었기 때문에 그런 서명밖에 할 수 없었다고 너는 변명할지도 모르겠다. 그렇다면 왜 당황했을까.

지적인 인간은 서두르는 일은 있어도 당황하는 일은 없다. 당황하면 일을 그르친다는 것을 알고 있기 때문이다. 그러므로 서둘러서 일을 완성시키고자 할 때에는 서두름으로써 일이 아무렇게나 되지 않도록 항상 마음을 쓴다.

소심한 자가 당황하는 것은 주어진 일이 힘에 부친다고 생각했을 때이다. 자신의 힘으로는 어렵고 곤란하다고 생각해서 몹시 당황하여 이리저리 뛰어다니며 고민을 하고, 결국은 혼란에 빠져서 무엇이 어떻게 되는 것인지 알 수 없게 된다. 이것저것 모두를 한꺼번에 해치워 버리려고 하기 때문에 어느 것에도 손을 댈 수 없게 되는 것이다.

그런 점에서 분별이 있는 사람은 다르다. 일을 완전히 끝마치는 데 필요한 시간을 미리 예측하고, 일사불란하게 완성시킨다. 즉 서두르더라도 항상 냉정하고 침착하여 당황하는 일이 없고, 하나의 일을 끝마치기 전에는 다음 일에 손을 대지 않는 것이다.

너도 여러 가지로 할 일이 많아 시간을 충분히 낼 수 없다는 것은 잘 알고 있다. 그렇지만 모든 것을 철저하게 하지 못할 바에는 절반은 완벽하게 처리하고, 나머지 절반은 손을 대지 않은 채로 그냥 내버려 두는 편이 훨씬 낫다. 그리고 교양 없는 사람들과 다를 바 없는 형편없는 글씨를 쓰는 어리석음, 그런 품위 없는 짓을 해서 얼마의 시간을 벌었다고 해도 그 시간은 아무 짝에도 쓸모가 없다는 것을 명심해라.

인생 최고의 선물 - 여섯 번째

진정한 친구를 찾아라

(나를 발전시키는 친구, 이끌어 주는
친구를 어떻게 찾아내고 만들 것인가?)

친구는 너의 인격을
비추는 거울이다

● ● ●

이 편지가 도착할 무렵이면 너는 베니스에서 떠들썩하고 소모적인 사육제를 보내고 토리노로 옮겨 가 그곳에서 공부에 힘쓰고 있을 것이라 믿는다. 토리노에서 보낸 기간이 너의 공부에 많은 도움이 되어 너의 학력을 알차게 꾸며 주기를 기도하고 있고, 또한 그렇게 되어 주지 않으면 곤란하겠지. 하지만 내 심정을 솔직하게 말하면, 나는 다른 때와는 달리 너에 대해서 많은 걱정을 하고 있단다.

들리는 소문에 의하면, 토리노의 전문학교에는 다소 평판이 좋지 않은 영국인이 있다고 하더구나. 지금까지 쌓아 올린 것을 그곳에서 모두 망쳐 버리지나 않을까 해서 걱정이 되어 견딜 수가 없구나. 어떤 사람들인지는 모르겠지만, 그들은 그룹을 이루면 난폭한 행동을 하고 무례한 짓을 해서 편협함을 드러내고 있다는 얘기를 들었다.

그런 짓은 친구들 사이에서만 한정해 두면 좋겠는데, 그것으로 만족하는 사람들이 아닌 모양이더라. 자기네 그룹에 들지 않겠느냐고 압력을 가한다거나 집요하게 권유를 계속하는 일도 있는 모양이다. 그리고 그것이 잘 되지 않으면 이번에는 우롱이라는 수법을 쓴다더구나. 네 나이 정도의 경험이 없는 젊은이에게는 이것이 효과가 있을 것이다. 압력을 가한다거나 강제로 권유하는 것과는 비교가 안 된다. 부디 이러한 것에 휘말리지 않도록 조심하기 바란다.

일반적으로 젊은 사람들은 부탁을 받으면 좀처럼 싫다고 거절하지 못한다. 싫다고 하면 체면이 깎이는 듯한 생각이 들기 때문이다. 게다가 상대방에게 미안하다는 기분도 들 것이고, 동료들에게 따돌림 받고 싶지 않다는 생각도 있을 것이다. 그런 생각 자체는 나쁘지 않다. 상대방의 기분을 맞춰 주자, 기쁘게 해주자는 생각은 상대가 좋은 사람이라면 좋은 결과를 낳는다. 그러나 그렇지 않은 경우에는 본의 아니게 상대방에게 질질 끌려 다니는 최악의 사태를 가져온다.

쉽게 뜨거워지거나 식지 않는 우정이 참다운 우정이다

토리의 대학에는 여러 종류의 사람이 있을 것이다. 그러한 사람들 모두와 친해지고 친구가 될 수 있다는 생각은 그릇된 생각이다. 그것은 당치도 않는 자만심으로 참다운 우정이란 그렇게 간단히 손에 넣을 수 있는 것이 아니란다. 오랜 시간을 두고 서로를 알고 서로를 이해한 다음이 아니면 참다운 우정이라는 것은 자라나지 않는다.

그런데 그렇지 않은 이름뿐인 우정도 있다. 젊은이들 사이에 만연하고 있는 것이 바로 이것이다. 이 우정은 잠시 동안은 따스하지만 얼마 후에는 식어 버린다. 우연히 알게 된 몇몇 사람이 함께 무분별한 행위를 했다거나 놀이에 깊이 빠지는 것에 불과하다. 말하자면 속성 재배의 우정이다.

이러한 경우, 어떠한 계기로 사이가 나빠지거나 하면,

그 즉시 손바닥을 뒤집듯이 상대방의 있는 흉 없는 흉을 죄다 끌어내어 떠벌리고 다닌다. 일단 사이가 벌어지면 그것으로 끝장이고 두 번 다시 상대방을 생각해 주는 일은 없다. 오로지 지금까지의 '신뢰관계'를 배반하고 우롱하는 일에 전념한다.

여기서 한 가지 너에게 당부하고 싶은 것은, 친구와 놀이동료와는 다르다는 것이다. 함께 있으면 즐겁다고 해서 반드시 좋은 친구는 아니다. 아니 오히려 친구로서는 적합하지 않은 인물이고 쓸모가 없는 인물인 경우가 많다.

쓸모없는 인간이라도 적으로 만들지 마라

어떠한 친구를 사귀고 있느냐에 따라 그 사람의 인격이 어느 정도 결정된다고 해도 과언이 아니다. 이 말은 반드시 도리에 어긋나는 것은 아니다. 스페인에는 이것을 정확하게 꼬집어 표현한 말이 있다.

누구와 살고 있는지 가르쳐 다오.
그리하면
네가 어떤 인간인지 맞춰 보겠다.

부도덕한 자나 어리석은 자를 친구로 가지고 있는 사람은, '혹시 그 사람도 꺼림칙한 일을 하고 있는 것은 아닌가, 숨겨 두고 있는 좋지 못한 비밀 같은 것이 있는 게 아닌가' 하고 의심을 받게 된다.

그러나 여기서 주의하지 않으면 안 될 것은 부도덕한 인간과 어리석은 인간이 접근해 온 경우, 몸을 피하는 것이 당연하다 하더라도 필요 이상으로 쌀쌀하게 대해서 적을 만들어서는 안 된다는 것이다. 친구가 되고 싶지 않은 사람은 수없이 많겠지만, 그들을 적으로 돌리는 것은 현명하지 못한 일이다.

나 같으면 적도 아니고 친구도 아닌 중간적인 입장을 취하겠다. 이것이 안전한 방법이다. 악행이나 우행은 미워하지만 개인적으로 적대하지 않도록 해라. 일단 그들에게 적의를 품게 하면 큰일이다. 친구가 되는 것보다는 낫지만, 그래도 지독한 피해를 입게 된다.

중요한 것은 상대방이 누구든지 간에 말해서 좋은 것과 좋지 않은 것, 해서 좋은 것과 나쁜 것을 분별하고 자신을 억제하는 일이다.

진정한 의미에서 사물을 분별하고 있는 사람은 드물다.

대개는 하찮은 것에 마음을 빼앗기고 입을 굳게 닫아 버리거나, 반대로 자기가 알고 있는 것과 생각하고 있는 것을 남김없이 털어 놓아 적을 만들거나 한다.

어떤 사람을 사귀어야 자신을
성장시킬 수 있는가

● ● ●

이번에는 어떤 사람과 교제하면 좋은지에 대해 이야기를 해보겠다.

자기 '아래'를 보지 말고 '위'만을 보라

우선 가능한 자기보다 뛰어난 사람들과 교제를 하도록 노력하거라. 뛰어난 사람들과 교제하면 자기도 그 사람들과 마찬가지로 우수해진다. 반대로 자기보다 정도가 낮은 사람과 사귀면 자기도 그 정도의 인간이 되어 버린다. 앞에서도 말한 것처럼 인간은 사귀는 상대에 따라서 어떻게든 변할 수 있는 것이다.

여기서 '훌륭한 사람들'이라고 내가 부르는 것은 가문이 훌륭하다거나 지위가 높다는 의미가 아니다. 의식이 있는 사람들, 즉 세상 사람이 훌륭하다고 생각하는 사람들을 말한다.

'훌륭한 사람들'은 대략 두 종류가 있다. 사회에서 주도적인 입장을 차지하고 있는 사람, 사교장에서 화려한 활동을 펼치고 있는 사람 등 사회적으로 걸출한 사람들과 특수한 재능이나 특징이 있는 사람, 특정 분야의 학문이나 예술에 뛰어난 사람 등 한 가지 분야에서 걸출한 사람들이다.

그리고 신분이 높은 사람들만의 모임이라고 해도 그 지방에서 훌륭하다고 인정받고 있지 못하는 한 바람직하다고는 할 수 없다. 신분이 아무리 높아도 머리가 텅 빈 사람, 상식적인 예절도 모르는 사람, 아무 데도 쓸모없는 사람이 있기 때문이다.

학식이 풍부한 인간만이 모인 그룹도 그러하다. 사람들로부터 정중한 대우를 받거나 존경받는 것은 확실하지만, 교제하는 데 적합한 그룹이라고는 말하기 어렵다. 앞에서도 자세히 말했듯이 그들은 마음 편하게 행동할 줄

을 모른다. 그들은 학문밖에 모르기 때문에 세상 물정을
잘 모른다.

그러나 그러한 그룹에 들어갈 수 있는 정도의 주변이
너에게 있다면, 이따금 얼굴을 내미는 것은 좋은 일이라
고 생각한다. 그러면 너의 평판은 올라가면 올라갔지 내
려가는 일은 없을 테니까. 하지만 거기에 빠져 버리면 어
떨까? 이른바 세상 물정 모르는 학자의 한패라고 오해받
아 사회에서 활동할 때 장애가 되지는 않을까.

교제에 '적당한 거리'를 두는 것도 중요하다

재치가 넘치는 인물이나 시인은 대다수의 젊
은이가 함께 있고 싶어 하고, 열중하게 되는
상대가 아닐까? 자신도 재치가 있으면 대단히
즐거울 것이고, 그렇지 않은 사람도 그들과 교
제하고 있는 것을 자랑으로 느낄 것이다. 하지
만 그런 재치가 넘치는 매력적인 인물과 교제하는 경우
에도 완전히 빠져들어서는 안 된다. 판단력을 잃지 않고
적당한 거리를 두고서 교제하는 편이 좋다.

재치라는 것은 남에게 그다지 쉽게 받아들여지는 것은
아니다. 가끔 공포심을 일으키게 하는 경우도 있다. 일반

적으로 사람들은 날카로운 면이 있는 재치를 두려워하는 법이다. 그것은 여성들이 총을 보고 두려워하는 것과 비슷하다. '저절로 안전장치가 풀려서 탄환이 자기를 목표로 날아오는 것이 아닐까' 하고 생각하는 것과 다름없다.

그렇지만 이러한 사람들과 친하게 지내는 것은 그 나름대로 의미 있는 일이고 즐거운 일이다. 한 가지, 아무리 매력이 넘친다 하더라도 다른 사람들과 교제하는 것을 모두 중지하고 그 사람들하고만 교제하는 것은 문제가 있다.

결점까지 칭찬하는 사람에게는 접근하지 마라

무슨 일이 있어도 피해야 할 것은 수준이 낮은 사람들과 교제하는 일이다. 인격적으로 정도가 낮고, 덕이 모자라고, 지적 수준이 낮고, 사회적 위치도 낮은 사람과 자기가 내세울 만한 것은 아무것도 없고 나와 교제하고 있는 것만을 자랑으로 삼고 있는 사람들과의 교제이다. 그러한 사람은 너를 붙잡아 두기 위해 너의 결점까지 칭찬할 것이다. 그러한 사람들과는 절대로 사귀어서는 안 된다.

너는 내가 너무 당연한 것까지 주의를 준다고 놀라고

있지는 않니? 하지만 나는 정도가 낮은 사람들과 사귀어서는 안 된다고 주의를 주는 것이 전혀 불필요하다고 생각하지 않는다. 분별도 있고 사회적 지위도 높은 어른들이 그러한 사람과 사귀어 신용을 떨어뜨리고 타락해 가는 모습을 이 눈으로 여러 번 분명히 보았기 때문이다.

여기서 가장 문제가 되는 것은 허영심이다. 허영심 때문에 인간은 악한 일을 수없이 하고 어리석은 행동을 거듭하게 된다. 그리고 자기보다 정도가 낮은 사람들과 교제하는 것도 바로 이 허영심이 이끄는 소행이다. 인간은 그룹 내에서 첫째가 되기를 바란다. 동료들로부터 칭찬받고 싶고, 존경받고 싶고, 마음대로 동료들을 조종하고 싶어 한다.

그런 유치한 칭찬의 소리를 듣고 싶어서 정도가 낮은 사람들과 교제를 하는 것이다. 너는 어떤 결과가 나오리라 생각하니? 그렇다. 머지않아 자신도 그 사람들과 수준의 정도가 똑같이 되어서 더욱 훌륭한 사람들과 사귀려고 해도 능력이 미치지 못하게 된다.

되풀이해서 말하지만, 사람은 교제하는 상대와 같은 수준까지 올라가기도 하고 내려가기도 한다. 너는 바로 교제하는 상대에 따라 판단되는 것이다.

굳은 결의와 의지로
몸에 익힌 교제술

• • •

나는 지금도 내가 처음 사교장에 나가서 훌륭한 사람들을 소개받았을 때의 일을 똑똑히 기억하고 있다. 아직 학생티를 벗지 못했던 나는, 저명한 어른들을 눈앞에서 직접 보고 눈이 부시고 두려운 마음에 몸을 움츠리고 그 자리에 얼어붙어 있었다. 우아하게 행동해야 한다고 자신에게 타일러 보았지만, 몸이 얼어붙어서 누가 말을 걸어와도 내가 말을 걸려고 해도 안 되더구나.

귓속말로 무엇인가 속삭이고 있는 사람들이 내 눈에 들어오면 내 이야기를 하는 것만 같았고, 그 자리에 있는 사람들 모두가 나를 손가락질하고, 업신여기고, 비판하고 있다는 생각이 들었다. 다시 생각해 보면 나 같은 풋내기 따위에게 눈짓 한 번 줄 사람도 있을 리가 없는데 말이다.

나는 한동안 마치 감옥에 들어가 있는 죄수와 같은 심정으로 그 자리에 있었다. 만일 눈앞에 있는 사람들과 교제하여 자신을 갈고 닦겠다는 강한 결의와 의지가 없었다면 그 자리에서 슬그머니 도망쳐 나왔을 것이다. 하지만 나는 끝까지 그 자리에 눌러 붙어 있었다. 무슨 일이 있더라도 그 자리에 어울리지 않으면 안 된다고 생각했단다.

그렇게 생각하고 나니 조금은 마음이 편안해지는 것 같더구나. 더 이상 조금 전과 같은 보기 흉한 행동은 하지 않았다. 누가 말을 걸어 와도 우물쭈물하거나 더듬거리지 않고도 대답할 수 있게 되었다.

'좋은 계기'는 자기 스스로 만들어야 한다

때로는 내가 곤혹스러워 하는 모습을 본 사람들이 잠시 틈이 나면 내 곁으로 와 말을 걸어 주었다. 나는 '천사가 나를 위로하고 나에게 용기를 북돋아 주려고 온 것'이라

고 생각했다.

그래서 용기가 조금씩 나기 시작했다. 나는 품위가 있어 보이는 부인 곁으로 다가가서 용기를 내어 "오늘은 좋은 날씨로군요." 하고 말을 걸었다. 그 부인은 매우 정중하게 "나도 그렇게 생각해요."라고 대답해 주었다. 그것으로 대화가 끊어졌다. 적어도 나로서는 계속 할 말을 찾아낼 수가 없었다. 그런데 그때 그 부인이 다시 한 번 입을 열었다.

"너무 긴장할 것 없어요. 지금도 나에게 말을 거는 데많은 용기가 필요하셨던 것 같은데…… 하지만 그렇다고 해서 이곳에 계시는 분들과의 교제를 단념할 생각을 해서는 안 됩니다. 다른 여러분들도 알고 계세요, 당신이 어울리려고 노력하고 있다는 것을, 그 마음이 중요합니다. 그 다음에는 방법을 몸에 익히는 것뿐이에요. 당신은 자신이 생각하고 있는 것만큼 서투른 분은 아닙니다. 수업을 쌓으면 머지않아 훌륭하게 하실 수 있어요. 제 곁에서 수업을 하고 싶으시다면 친구들에게 소개해 드릴 수도 있어요."

부인에게 이 말을 듣고 내가 얼마나 기뻤는지 상상이나 할 수 있겠니? 그리고 내가 또 얼마나 어색하게 대답을 했는지도. 나는 두세 번 헛기침을 하고 입을 열었다. 그렇게 하지 않고서는 목구멍에 뭔가가 걸린 것 같아서 목소리를 낼 수 없었다.

"말씀 정말 감사합니다. 제가 저의 행동에 자신감을 갖지 못하는 데는 이유가 있습니다. 그것은 훌륭한 분들과 교제하는 데 익숙하지 않기 때문입니다. 그러나 선생님이 되어 주시겠다면 기꺼이 기쁜 마음으로 제자가 되겠습니다."

나의 더듬거리는 말이 채 끝나기도 전에 그 부인은 서너 명을 불러 모아 놓고 이렇게 말했다.

"여러분, 내가 이 젊은 분의 교육을 맡게 됐어요. 이분도 그것을 매우 기뻐하고 계십니다. 이분은 틀림없이 내가 마음에 드셨던 모양입니다. 그렇지 않다면 내 곁으로 와서 몸을 떨면서도 용기를 발휘해 '오늘은 좋은 날씨로군요.' 하고 말을 걸지 않았을 거예요. 여러분도 도와주세요. 우리 이 젊은 분을 세련된 분으로 만들어 드리죠. 이분에게는 본보기가 필요합니다. 만일 내가 적절하지 못하다고 생각하신다면 다른 분을 찾으시겠지요. 하지만 그렇다고 해서 오페라 가수나 여배우 따위를 골라서는 안 됩니다. 그런 사람들과 함께 어울리면 세련되기는커녕 재산과 건강을 잃고, 결국은 사고방식까지 거칠어져 타락할 뿐이니까요."

뜻밖의 강의를 듣고 그 자리에 있던 사람들이 웃었단다. 나는 어리둥절한 표정으로 묵묵히 서 있었지. 그 부인이 진심으로 말하는 것인지 그렇지 않으면 나를 놀리는 것인지 도무지 알 수가 없었다. 나는 한편으론 기쁘기도 하고 부끄럽기도 했으나 용기를 얻었다.

교제에도 필요한 '의욕과 끈기'

이 부인은 손님들 앞에서 나를 정말로 친절하게 감싸 주었다. 나는 점점 자신감이 붙기 시작했다. 우아하게 행동하는 것이 이제는 부끄럽지 않게 되었다. 좋은 본보기를 발견하면서 열심히 그것을 흉내 낼 수 있게 되었고, 마침내는 거기에 내 나름대로의 방법을 가미할 수 있게 되었다.

너도 역시 남에게 호감을 받는 사람이 되고 싶다거나 세상에 나가서 남 못지않은 일을 하고 싶다면 못할 것도 없단다. 의욕과 끈기만 있다면 말이다.

사람을 '있는 그대로' 평가하는
눈을 길러라

● ● ●

젊은 사람은 인간이든 사물이든 과대 평가하기 쉬운 면이 있다. 그것은 잘 모르기 때문이다. 사실을 알게 될수록 평가는 차츰 떨어지게 마련이다. 인간은 네가 생각하고 있는 것만큼 이지적이고 이성적인 동물이 아니다. 감정에 지배받고, 쉽게 무너져 버리는 나약함을 가지고 있단다.

일반적으로 유능하다고 알려진 사람이라도 절대적이 아니라는 것은 너도 잘 알고 있을 것이다. 그래도 여전히 '유능하다' 고 불리는 것은 다른 사람과 비교해서 일반 사람들보다 결점이 적다는 이유만으로 '유능하다' 고 평가

되고 우위에 서 있는 것에 불과한 것이란다.

그들은 우선 자신을 억제하고 결점을 줄임으로써 나머지 대다수 사람들을 다루기 쉽게 한다. 그리고 이성에 호소하지 않고 감정이나 감각 등 다루기 쉬운 면을 교묘하게 찌른다. 그러기 때문에 실패하는 일이 거의 없다.

네 자신의 눈으로 인간이란 어떠한 것인가를 알게 되기까지는 라로슈푸코(La Rochefoucauld: 1613~1650, 프랑스의 작가)의 「격언집(Maxims)」을 읽어 보는 것이 좋다. 그 「격언집」만큼 인간에 대하여 많은 것을 가르쳐 주는 책도 없을 것이다. 이 작은 책자를 하루 중 몇 분이라도 좋으니 매일 읽어 보도록 하거라. 아마도 이 책만큼 인간의 있는 그대로의 모습을 정확하게 파악하고 있는 책도 없으리라 생각된다.

이 책을 읽으면 너도 인간을 필요 이상으로 과대평가하는 일은 없게 될 것이다. 그렇다고 해서 인간을 부당하게 과소평가하고 있는 책은 아니다.

젊은이다운 명랑함과 쾌활함을 살려라

네 나이 또래의 젊은이는 언제나 힘이 넘쳐흐르고 있다. 철로를 깔아 주지 않으면 어디로 달려가야 할지 잘 모르고, 자칫하다가는 사고를 당할 우려도 있다. 하지만 무모한 젊음이라고 비난만 받게 되는 것은 아니다. 거기에 신중함과 조심성만 곁들이면 사람들로부터 환영을 받을 수도 있다.

그러니까 젊은이 특유의 들뜬 기분은 접어 두고 젊은이다운 명랑함과 쾌활한 마음을 가지고 당당하게 사람들 속으로 들어가거라. 젊은이의 들뜬 기분은 상대방을 화나게 하는 일도 있지만, 발랄하고 힘찬 모습은 사람의 마음을 매료시킨다.

될 수 있으면 앞으로 만나게 될 사람들의 성격이나 처지를 미리미리 알아 두는 것이 좋다. 그렇게 하면 닥치는 대로 이것저것 상상하면서 말을 하지 않아도 되니까 말이다. 네가 알게 될 사람들 중에는 마음씨가 좋은 사람도 많겠지만 좋지 않은 사람도 있을 것이다. 그러한 사람에 대해서는 그 자리에 있는, 거의 대부분의 사람들에게 적용되는 장점을 칭찬해 주거나 단점을 옹호해 주면 좋다. 그렇게 하면 그것이 아무리 일반론이라고 하더라도 자기 자신을 향한 말이라고 생각해서 기뻐할 것임에 틀림없다.

비참한 실패와 좌절감이 최대의 스승이 된다

사람은 누구나 자기보다 뛰어난 사람들과 함께 있으면 언제나 자신이 주목의 대상이 되고 있는 것 같은 기분을 느낀다. 사람들이 작은 소리로 무엇인가 속삭이면 자기를 보고 하는 말이라 생각하고, 웃고 있으면 자기를 비웃는다고 여기는가 하면, 무엇인지 분명한 의미를 알 수 없는 말이 나오면, 그것을 억지로 자신에게 적용시켜 그럴 듯한 말처럼 믿어 분명히 자기를 두고 하는 말이라고 생각해 버린다.

스크레브가「계략(Stratagem)」속에서 재미있게 묘사한 바와 같이 "그렇게 큰 소리로 웃고 있는 걸 보면 저건 틀림없이 나를 비웃고 있는 것이다."라고 생각해 버리는 것이다.

어쨌든 훌륭한 사람들 속으로 들어가 실패를 거듭하고 좌절감을 실컷 맛보는 가운데 차츰 너도 숙련된 태도를 몸에 익히게 될 것이다.

남성이든 여성이든 상관없다. 네가 가장 친하게 지내고 있는 5, 6명에게 "내가 젊음과 경험 부족으로 무례한 행동을 많이 하고 있다고 생각하는데, 그런 것을 느꼈을 때

는 주저 말고 지적해 달라."고 부탁해 보는 것이 좋다. 그때, "지적해 주는 것은 우정의 증거로 생각하고 감사드립니다."라고 덧붙이는 것을 잊지 말도록 해라.

이와 같은 마음을 숨기지 않고 이야기해, 상대방에게 도움을 청하고 감사하는 마음을 잊지 않으면, 지적해 준 사람도 기분 좋게 생각해서 다른 사람에게도 그 이야기를 하여 너의 힘이 되어 주도록 부탁해 줄 것이다. 그렇게 하면 많은 사람들이 친근감을 갖고 너의 무례한 행위와 부적절한 대응을 충고해 주게 된다. 그리고 너는 서서히 마음도 몸도 자유로워지고 얘기 상대에 맞춰서 카멜레온처럼 자유자재로 행동할 수 있을 것이다.

'허영심'을 '향상심'으로 승화시켜라

●　●　●

허영심-좀더 부드럽게 말하면 남에게 칭
찬을 받고 싶어 하는 마음은 누구나 반
드시 갖고 있는 마음이 아닐까? 이런
마음이 부풀어 올라 어리석은 언행이나 범죄 행위를 저
지르는 경우도 있다. 그러나 나는 남에게 칭찬을 받고 싶
어 하는 마음은 향상으로 이어지는 것이라고 생각한다.

물론 그렇게 되기 위해서는 그것에 상응하는 깊은 사려
와 향상심이 없으면 안 되지만, 결과적으로 본다면 허영
심은 소중하게 길러도 좋은 마음이 아닐까?

다른 사람으로부터 인정받고 싶다거나 칭찬받고 싶다

는 마음이 없다면, 우리는 무슨 일에든 무관심해지고 아무것도 할 마음이 생기지 않을 것이다. 그리고 실제로 아무것도 하지 않게 된다. 그렇게 되면 자기가 가지고 있는 힘을 발휘할 수도 없다. 때문에 자연히 자기 능력 이하로 평가되는데 만족할 수밖에 없다. 그러나 허영심이 강한 사람은 다르다. 실력 이상으로 보이려고 열심히 노력한다.

나는 지금까지 너에게 무엇이든 숨기지 않고 이야기해 왔고, 앞으로도 나의 결점이라 해서 숨길 생각은 없으므로 솔직히 고백하는데, 실은 나도 사람들이 약점이라고 부르는 허영심을 많이 가지고 있었다. 그러나 나는 그것을 나쁘게 생각한 일은 없다. 오히려 허영심이 있어서 좋았다고 생각하고 있다. 만일 나에게 사람들로부터 칭찬을 받는 그 어떤 것이 있다면, 그것은 허영심이 나를 강하게 향상시켜 준 덕택이라고 생각한다.

'첫 번째가 되고 싶다'는 마음이 능력을 끌어낸다

나는 강한 출세욕을 품고 사회에 나왔다. 어떤 일이 있어도 사람들로부터 인정받아야 한다, 칭찬을 듣고 신망을 얻어야 한다는 남달리 뜨거운 욕심을 가슴에 품고 사

회에 첫발을 내디뎠다. 그 때문에 비록 어리석은 행위로 치달은 일이 있었다 하더라도 그것 못지않게 현명한 행동도 했다고 생각한다.

예를 들면, 남성들만이 모여 있는 장소에서 나는 누구보다도 훌륭하게 되겠다. 적어도 그곳에서 가장 뛰어난 사람과 똑같이 훌륭하게 되겠다는 뜻을 품고 있었다. 그런 의욕이 나의 잠재 능력을 끌어내어 첫째는 아니더라도 둘째, 셋째는 될 수 있게 하였다.

이윽고 나는 일종의 주목의 대상, 중심적 존재가 되었는데 일단 그렇게 되면 하는 일마다 모두 옳다고 생각하는 법이란다. 나의 경우도 그러했다. 나의 방식이 유행이 되고, 모두가 한결같이 그것에 따르는 것을 곁에서 본다는 것은 정말 즐거웠다. 나는 남녀를 불문하고 어떤 모임이든 반드시 초청되었고, 그 모임의 분위기를 어느 정도 좌우했다.

남성을 대할 때, 나는 상대방을 만족시키기 위하여 프로테우스(Proteus, 그리스 신화에 나오는 바다의 신으로 갖가지 모습으로 둔갑하며 예언력이 있었다.)로 변신했다. 명랑한 사람들 속에 끼었을 때는 누구보다 명랑하게 행동했으며, 위엄 있는 사람들이 모인 분위기에서는 누구보다도 위엄을 가지고 행동했다. 나는 사람들이 조금이라도 호의를 표현해 준다거나 친구로서 무엇인가를 해주었을 때는 결코 그것을 그대로 지나쳐 버리지 않았다. 그 하나하나에 마음을 쓰고 감사의 표현을 잊지 않았다.

그렇게 하니 상대방은 만족스러워 했고, 또한 그와 친해질 수 있는 계기를 만들 수 있었다. 이렇게 해서 나도 잠깐 사이에 그 지방의 명사를 비롯한 여러 계층의 사람들과 자연스럽게 어울리게 되었다.

철학자는 허영심을 '인간이 지닌 천한 마음'이라고 부른다. 그러나 나는 그렇게 생각하지 않는다. 허영심이 있었기 때문에 비로소 오늘의 '나'라고 하는 인격이 형성된 것이다. 나는 그렇게 생각하고 있다. 그리고 너에게도 젊은 날의 나와 같은 어느 정도의 허영심이 있었으면 좋겠다. 허영심만큼 인간을 발전시키는 것도 없으니까 말이다.

솔직하게
'감사할 수 있는 인간'이 되라

• • •

며칠 전, 로마에서 갓 돌아온 친지로부터 너만큼 로마에서 환대를 받은 사람은 없을 것이라는 얘기를 듣고 나는 몹시 기뻤다. 파리에서도 틀림없이 환대를 받으리라고 믿는다. 파리 사람들은 외부에서 온 사람들, 특히 예의가 바르고 인정이 많은 사람들에게는 친절하게 대해 준다.

하지만 그런 호의를 맹목적으로 받아들이기만 해서는 안 된다. 그들도 역시 자기네 나라가 사랑받고 있다거나 자기들의 태도와 습관이 호감을 받고 있다고 느껴지면 기뻐하기 마련이다. 그렇다고 그러한 생각을 일부러 입

밖에 내서 하라는 말은 아니다. 그렇게 하는 것도 나쁘지는 않지만, 그러한 마음은 태도만으로도 충분히 전달되는 것이란다.

파리에서 환대를 받으면 그만큼의 사례를 해도 좋으리라 생각하는데 네 생각은 어떠니? 나 역시 만일 아프리카로 갈 일이 생겨서 그곳에서 환영을 받는다면 상대가 누구든 간에 그 정도의 성의는 표할 것이다.

얄팍한 교양보다는 '쾌활함과 강한 끈기'가 중요하다

네가 파리에서 지낼 준비는 완벽하게 해 놓았단다. 기숙사에도 즉시 들어갈 수 있게 연락을 취해 두었다. 너는 이것을 크게 감사해야 할 것이다. 최소한 반년 동안은 기숙사에서 지낼 수 있다는 것이 무엇을 뜻하는지 잘 생각해 봐야 할 것이다. 만약 호텔에서 거처한다면, 날씨가 어떻게 변하든 매일 학교까지 걸어가지 않으면 안 된다. 물론 시간도 낭비하는 셈이지만 문제는 거기에 그치지 않는다.

기숙사에서 생활하게 되면 파리 상류 사회의 젊은이 중 절반과 사귈 수 있는 기회를 갖게 된다. 머지않아 너도 파리 사교계에 그 일원으로 따스하게 받아들여지는 날이

올 것이다. 이처럼 좋은 기회를 부여받은 영국인은 내가 아는 범위에서는 아마도 네가 처음일 게다. 게다가 그에 드는 비용이 별로 큰 액수가 아니라서 다행이구나. 그러니 금전 문제는 쓸데없이 걱정하지 않아도 된다.

그보다도 너는 프랑스어가 완벽하다고 해도 좋을 만큼 능숙하니, 곧 프랑스 사회에도 익숙해지고 지금까지 파리에서 생활했던 누구보다도 뜻있는 나날을 보낼 수 있게 될 것으로 믿는다. 더 이상 무엇을 바랄 수 있겠니?

유감스러운 일이지만 프랑스로 유학 간 영국 청년들의 대부분이 프랑스어를 능숙하게 구사할 줄 모른다. 그뿐이라면 차라리 괜찮지만, 사람들과 사귀는 방법도 모르기 때문에 그들은 자기표현도 제대로 하지 못하며, 프랑스 사회도 제대로 이해하지 못한다. 그 결과 '겁쟁이'가 된다. 너는 결코 겁쟁이가 돼서는 안 된다. 무엇을 하든 간에 '일단 해보자'고 마음먹고 노력하고, '할 수 있다'고 자신을 타이르면 어떻게든 해내기 마련이다.

너도 가끔 본 일이 있을 것이다. 인간적으로 남달리 뛰어났다고도 할 수 없고 교양도 별로 없는데, 쾌활하고 적극적이고 강한 끈기만 가지고 출세한 사람들을 말이다.

그런 사람들은 어떤 곤란에 부딪치더라도 좌절하는 일이 없다. 두 번, 세 번 실패를 하더라도 다시 일어나 돌진한다. 그리고 끝에 가서는 십중팔구 목표를 관철시킨다. 훌륭하다는 말밖에 더 할 말이 없다.

너도 그것을 본받아야 한다. 너의 인격과 교양을 가지고 도전한다면 훨씬 빠르게, 훨씬 확실하게 목표에 도달할 것이다. 다행히도 너에게는 좋은 자질이 있다. 다시 일어날 수 있는 힘도 있다.

끝까지 포기하지 않으면 결과는 오기 마련이다

실제 사회에서는 재능이 있어야 한다는 것이 중요한 전제가 되지만, 확고한 의지와 불굴의 끈기가 있다면 두려울 것이 없을 것이다. 일부러 불가능에 도전할 필요는 없지만, 가능한 일이라면 수단과 방법을 모두 동원하여 도전한다면 성공할 수 있을 것이다. 한 가지 방법으로 실패하면 또 다른 방법을 시도하면서 대상에 알맞은 방법을 찾아내면 된다.

역사를 조금 거슬러 올라가 보면, 강한 의지와 끈기로 일을 성취한 사람을 많이 볼 수 있다. 예를 들면, 추기경 마자랭(Mazarin: 1602~1611, 프랑스의 정치가)과 거듭된 교섭을

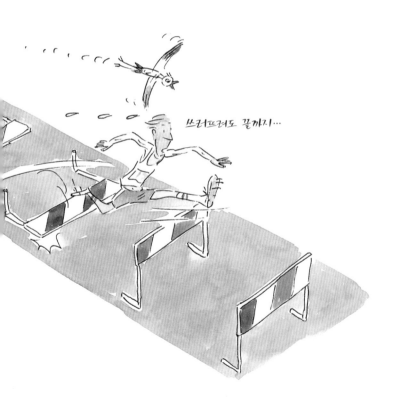

쓰러뜨려도 끝까지…

벌인 끝에 피레네 조약을 체결한 재상 돈 루이드 알로가 바로 그러하다. 그는 타고난 냉정함과 끈기로 교섭을 유리하게 진행시켰다.

마자랭 추기경은 이탈리아 사람 특유의 쾌활함과 성급함으로 똘똘 뭉쳐진 인물이었고 돈 루이 재상은 그야말로 스페인 특유의 냉정과 침착성, 인내력을 겸비한 인물이었다. 협상 테이블에 앉은 마자랭의 최대 관심사는 파리에 있는 숙적 콩데 공(公)이 다시 반란을 일으키지 못하도록 저지하는 데 있었다. 그래서 조약 체결을 재빨리 매듭짓고 서둘러 파리로 돌아가고 싶었다. 파리를 비워 두고 있으면 무슨 일이 일어날지 알 수 없었기 때문이다.

돈 루이 재상은 이것을 알아차리고 교섭 때마다 콩데 공의 이야기를 꺼내는 것을 잊지 않았다. 그 때문에 마자랭 추기경은 한때 협상 테이블에 마주앉는 일조차 거부했을 정도였다. 그러나 시종 변함없는 냉정성으로 일관한 돈 루이 재상은 끈질기게 설득했고, 결국 조약을 유리하게 체결하는 데 성공했던 것이다.

중요한 것은 불가능과 가능을 분별하는 능력이다. 단순

히 난제뿐이라면, 끝까지 관철시키려고 하는 정신력과 끈기가 있으면 어떻게든 해낼 수 있다. 물론 그에 앞서서 주의력과 집중력이 필요하다는 것은 두말할 필요도 없지만 말이다.

인간관계의
비결

(남을 뒤에서 칭찬하고 있는가?
자연스럽게 배려할 수 있는가?)

상대방에게 신뢰감을 얻을 수 있는
'교제'의 대원칙

• • • •

앞에서 어떠한 사람들과 교제를 해야 하는가에 대해 이야기를 했으니, 오늘은 그런 사람들과 사귀는 데 있어서, 어떠한 행동이 필요한지에 대해 말하고 싶구나. 오랜 세월에 걸친 체험과 관찰에서 얻어진 결과이니 너에게 도움이 되리라 생각한다.

우선 제일 먼저 해두고 싶은 말은, 아무리 훌륭한 사람들과 깊은 우호관계를 맺는다고 하더라도 너에게 진심으로 상대방을 기쁘게 해주려는 마음의 자세가 없다면 아무 소용이 없다는 점이다.

언젠가 네가 스위스를 여행할 때, 친절하고 정성어린 대접을 받아서 매우 즐거웠다고 편지를 보내온 일이 있었지. 그때 나는 친절하게 보살펴 주신 분들에게 감사의 편지를 써 보냈고, 또 너에게도 편지를 써서 보냈는데 기억을 하고 있는지 모르겠구나.

이처럼 다른 사람의 친절이 그렇게 기쁘고 고마웠다면, 너도 다른 사람에게 친절하게 대해 주어라. 네가 진심에서 우러나는 마음으로 상대방을 친절하게 대해 준다면 그렇게 해주는 만큼 상대방도 기뻐할 것이다.

이것이 타인과의 교제에 있어서의 대원칙이 아니겠니? 사람은 사랑하는 사람이나 존경하는 친구에게는 자발적으로 상대방을 염려하고 기쁘게 해주고자 하는 마음이 솟아오르는 법이다. 이러한 마음가짐이 없으면 실제로 남을 기쁘게 해줄 수가 없다. 교제의 원칙은 바로 이와 같이 상대를 생각하는 마음가짐이란다. 이런 마음가짐의 토대를 구축한다면, 어떤 말과 행동을 취해야 좋은지를 저절로 알게 된다.

다른 사람을 기쁘게 해주고자 하는 마음은 누구나 가지고 있다. 그러나 교제하면서 실제로 남을 기쁘게 해주는 방법을 알고 있는 사람은 드물다. 아무튼 너는 이것을 알

아주었으면 한다. 그렇다고 해서 이렇다 할 특별한 규칙이 있는 것은 아니다. 다만 한 가지 내가 말할 수 있는 것은, 내가 타인에게 받아서 좋았던 말과 행동을 다른 사람한테도 해주라는 것이다. 잘 생각해 보아라. 어떤 대접을 받았을 때 너의 마음이 기뻤는지. 그것을 알면 그와 똑같이 해주면 되는 거란다. 상대방도 틀림없이 기뻐해 줄 것이다.

그렇다면 실제로 상대방을 기쁘게 해주고 좋은 인간관계를 맺으려면 과연 어떤 일에 유념해야 할까?

대화를 할 때 혼자 독점하지 마라

우선, 말을 잘하는 것은 좋은 일이지만 혼자서 계속 독점하는 것은 좋지 않다. 혹시 오랫동안 이야기를 해야 할 일이 생긴다면, 적어도 듣는 사람이 지루하지 않도록 말해야 할 것이고, 또 될 수 있으면 그가 즐겁게 들을 수 있도록 해야 할 것이다.

하지만 그것도 최소한의 시간으로 압축하는 것이 좋다. 애당초 대화라고 하는 것은 혼자 독점하는 것이 아니란다. 혼자서 질질 시간을 끌며 지루한 말을 늘어놓는 사람

을 흔히 보게 되는데, 그런 사람은 거의 누군가 한 사람, 대개는 말수가 적은 사람이나 우연히 자기 옆에 앉게 된 사람을 붙잡고 작은 목소리로 속삭이면서 계속 쉬지 않고 말을 해댄다. 이런 행동이야말로 예의에 몹시 어긋나는 행동이라고 생각되지 않느냐? 대화라고 하는 것은 공동으로 만들어 내는 공공의 것이란다.

그러나 만일 반대로 네가 그러한 몰지각한 사람에게 붙잡혔을 때, 도저히 거부할 수 없는 상대라면 어쩔 도리가 없겠지. 적어도 그 사람에게 주의를 기울이는 척하면서 꾹 참고 견뎌야 한단다. 매정하게 거절해서는 안 된다. 그 사람에게 있어서는 잠자코 귀를 기울여 주는 것만큼 기쁜 일은 없을 테니까. 이야기하고 있는 도중에 등을 돌린다거나 마지못해 듣는 태도를 보이는 것만큼 굴욕적인 것은 없단다.

상대에 따라 화제를 선택하라

대화의 내용은 될 수 있으면 그곳에 모인 사람들이 좋아하는 동시에 도움이 될 만한 화제를 고르는 것이 좋다. 역사나 문학, 다른 나라에 관한 이야기 등은 날씨라든가 의상에 관한 이야기, 또는 근거 없는 뜬소문을 늘어놓는

217

것보다 훨씬 유익하고 즐거운 것이란다.

가볍고 좀 익살스러운 이야기가 필요할 때도 있다. 내용으로는 아무런 쓸모도 없는 것이지만, 여러 분야의 다양한 사람들이 모였을 때는 공통의 화제로서 가장 적합하다고 할 수 있을 것이다.

특히 협상 같은 것을 할 때, 더 이상 계속하다가는 험악한 분위기로 흐를 것 같은 경우, 가벼운 이야기는 무거운 분위기를 단숨에 불식해주는 역할을 한단다. 그런 때 재치 있는 화제를 끌어낸다는 것은 조금도 부끄러운 일이 아니다. 자연스럽게 음식에 관한 이야기를 한다거나 포도주의 향기나 제조법 등으로 화제를 돌리는 것은 대단히 세련된 화술이다.

상대방에 따라서 화제를 바꾸라는 말은 이제 새삼스럽게 너에게 강조할 필요는 없을 것이다. 배우지 않았다고 해서 언제나 똑같은 화제를 같은 태도로 끌어낼 정도의 바보는 아닐 테니까. 정치가에게는 정치가에, 철학자에게는 철학자에 걸맞은 화제가 있다. 물론 여성에게는 여성에 맞는 적합한 화제가 있다.

상대방에 맞춰서 카멜레온처럼 자유자재로 색깔도 바

꾸고 화제를 선택해라. 이것은 비겁한 태도도 아니고 야비한 태도도 아니다. 말하자면 타인과의 교제에 있어서 없어서는 안 될 윤활유와 같은 것이라고 생각해 주었으면 좋겠다.

네가 그 장소의 분위기를 주도적으로 끌고 나갈 필요는 없다. 주변 분위기에 자신을 맞추는 편이 좋다. 그 자리의 분위기를 잘 헤아려서 진지해야 할 때는 진지하고, 명랑해야 할 때는 명랑해야 하며, 또 필요하다면 농담도 하는 것이 좋다.

어느 자리에서건 일부러 드러내 말하지 않더라도 좋은 인격을 지니고 있는 사람은 표가 나게 되어 있다. 그러니 만약 자신감이 없다면, 일부러 화제를 선택해 대화를 이끌어 나가기보다는 남의 이야기에 묵묵히 맞장구를 쳐주는 편이 오히려 나을 것이다.

될 수 있는 한 의견 대립을 일으킬 만한 이야기는 피하는 것이 좋다. 그렇지 않으면 의견을 달리하는 편에서 순식간에 험악한 분위기로 치달을지도 모르는 일이다. 만약 의견이 대립되어 논쟁이 뜨거워질 기미가 보이면 말을 얼버무리거나 재치를 발휘해 그 화제에 종지부를 찍도록 유도해야 한다.

'자기 얘기'만 하지 마라

 어떤 일이 있어도 절대로 해서는 안 될 것이 있다. 그것은 제일 먼저 자기 자신에 관해 말을 하는 것이다. 이것은 무슨 일이 있어도 피해야 한다. 아무리 훌륭한 사람이라도 자기 이야기를 하게 될 때는, 다양한 가면을 쓴 허영심이나 자존심이 자연히 머리를 쳐들고 나와, 함께 있는 사람들에게 불쾌감을 주기 마련이다.

자기 자신의 이야기를 한다고 해도 그 종류는 여러 가지가 있다. 화제의 흐름과는 전혀 관계도 없는 자기 이야기를 끄집어내고, 결국은 자기 자랑으로 끝내 버리는 사람이 있는데, 이것은 이만저만한 실례가 아니다. 또한 보다 교묘하게 자기 이야기를 끌어내는 사람도 있다. 예를 들면, 마치 자기가 터무니없는 비방을 받고 있는 것처럼 행동하며, 그런 일을 부당하다는 듯이 자신의 장점을 늘어놓으면서 자신을 정당화하여 결국은 자랑을 하는 것이다.

그들은 말한다. "이런 말을 한다는 것 자체가 우습죠. 나 역시 말하고 싶지 않았고, 웬만하면 말하지 않았을 것입니다. 하지만 너무 지나쳐요. 내가 하지도 않은 일을 가지고 이렇게까지 심한 비난을 받지 않았더라면, 이런 말은 하지 않았을 겁니다."

이와 반대로 부드럽고 온화한 어조로 자기를 비하시키는 방법을 쓰는 사람도 있다. 이런 짓은 더욱 어리석다. 그들은 자기는 약한 인간이라고 고백한 다음에 자신의 불행을 한탄하고, 기독교의 7덕에 맹세한다. 그러나 이러한 사람들은 모르고 있다. 그런 식으로 불행을 한탄해도, 주위 사람들은 동정하지도 않고 힘이 되어 주려고 하지도 않으며, 다만 곤혹스러워 할 뿐이라는 사실을 말이다.

그럼에도 이러한 사람들은 계속 푸념을 늘어놓는다. 하지만 그들 자신도 결과를 알고 있다. 자신들이 성공은커녕 사회에서 순탄하게 살아가는 일조차 어렵다는 사실을 말이다.

그러나 그렇다고 해서 그 버릇을 고치지도 못한다. 그래서 전력을 기울여 최후의 몸부림, 최후의 저항을 하고 있는 것이다. 그런 일이 있을 수 있을까 하고 생각할지도 모르지만, 이것은 사실이란다. 너도 여기저기서 이러한 사람을 만나게 될 기회가 있을 테니까 주의해서 관찰해 보기 바란다.

'자기 자랑'으로 호평 받는 인간은 없다

칭찬받고 싶다는 일념에서 자기 자랑을 늘어놓는 사람을 너도 본 일이 있을 것이다. 그런데 우스운 것은 만약 그들의 말이 사실이라 할지라도(그런 일은 좀처럼 드물지만) 실제로 그 때문에 칭찬을 받는 일은 없다는 것이다.

예를 들면, 유명한 거물 누구누구의 후손이거나 잘 아는 사이라고 자랑스럽게 늘어놓는 사람을 보게 될 것이다. 분명 별로 만난 일도 없는 사람들일 것이다. 하지만 그런 것은 별 상관이 없다. 설령 그것이 정말이라고 해도, 그것이 어쨌다는 말인가? 그렇다고 해서 그 사람이 위대해지는 것은 아니잖은가 말이다.

또는 포도주를 혼자서 5, 6병이나 해치웠다고 자랑스럽게 늘어놓는 사람이 있다. 그렇게 얘기하는 사람이 있다면 그것은 거짓말이다. 그렇지 않다면 그 사람은 괴물일 것이다.

이처럼 인간들은 허영심 때문에 터무니없는 소리를 하거나 과장된 이야기를 늘어놓거나 한다. 그리고 그것으로 인하여 본래의 목적을 달성하지 못하고, 오히려 자기에 대한 평가를 떨어뜨린다. 본질과 전혀 관계가 없는 것을 자랑하는 것은, 실속이 없다는 것을 스스로 폭로하고 있는 것과 다를 바 없는 것이다.

가만히 있어도 장점은 빛난다

이러한 어리석은 행위로부터 자신을 지키는 유일한 방법은 자기에 관한 말을 하지 않는 것이다. 경력 등 자신에 대한 이야기를 꼭 해야만 할 때도 자랑으로 오해받을 말은, 그것이 직접적인 것이든 간접적인 것이든 일체 삼가도록 항상 유의했으면 좋겠다.

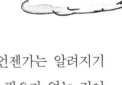

인격이라는 것은 선악에 관계없이 언젠가는 알려지기 마련이다. 일부러 자기가 나서서 말할 필요가 없는 것이란다. 오히려 본인이 자기 입으로 말하면 아무도 그것을 믿으려 하지 않을 것이다.

자기 입으로 말하면 그 결점을 숨길 수 있다든가 자기의 장점을 한층 빛낼 수 있게 될 것이라는 생각은 꿈에도 하지 마라. 그렇게 하면 결점은 한층 두드러지게 나타나고, 장점은 더욱 가려지게 될 것이다.

스스로 아무 말도 하지 않고 잠자코 있으면, 남들은 오히려 그것까지 장점으로 생각한단다. 아니, 적어도 겸손하다고 여겨지리라는 것만은 확실하다. 게다가 불필요한 시기나 비난과 비웃음을 사서 정당한 평가에 방해를 받는 일은 없게 된다. 그러나 아무리 교묘하게 변장을 잘했다고 자부하더라도 자기 스스로 그것을 말해 버리면, 주변 사람들에게 반감을 사서 오히려 일을 망치게 된다. 그렇게 되지 않기 위해서는 자기 이야기를 하지 않는 것이 첫째임을 명심해 두기 바란다.

자기에게 '무게'를 두는 것도 중요하다

● ● ●

무슨 생각을 하는지 도무지 알 수 없는 사람이나 어딘가 모르게 성격이 어두워 보이는 사람이 있는데, 이것도 칭찬받을 만한 일이 못 된다. 첫째 인상이 좋지 않아 공연한 오해를 받게 된다. 그리고 무엇을 생각하고 있는지 잘 알 수 없는 사람에게는 누구도 자기 마음속을 털어놓지 않을 것이다.

능력 있는 사람은, 내면은 신중하면서도 그것을 겉으로는 드러내지 않아 외면적으로는 누구하고나 쉽게 마음을 터놓고 지낸다. 자기 본심은 굳게 지키지만, 얼핏 보기엔

완전히 개방적인 것처럼 보임으로써 상대방의 방어를 풀어 놓는 것이다.

왜 자신을 굳게 지켜야 할 필요가 있는가 하면, 경솔하게 무엇이고 지껄여 버리면 대개는 그것이 어딘가에 인용되어 적당히 이용되어 버리기 때문이다. 그렇기 때문에 소탈하게 행동하는 것과 마찬가지로 신중을 기하는 것도 똑같이 중요한 요소가 된다.

상대방의 말은 '귀'가 아닌 '눈'으로 들어라

말을 할 때는 언제나 상대방의 눈을 보아야 한다. 그렇지 않으면 무엇인가 꺼리는 일이 있다는 의심을 받게 된다. 더구나 말하고 있는 상대방의 눈을 보지 않는 것만큼 결례가 되는 일도 없다. 천장을 쳐다본다거나 창 밖을 내다본다거나 담뱃갑 같은 것을 만지작거리는 등……. 이런 행동은 상대를 무시하는 것이다.

상대방의 눈을 보지 않는다는 것은 자신의 인상을 나쁘게 할 뿐만 아니라, 자기 말이 상대방에게 어떻게 받아들여지고 있는지 관찰할 기회를 스스로 포기하는 것이다. 상대방의 마음속을 읽으려면 귀보다도 눈에 의지해야 한다고 나는 평소에도 늘 생각하고 있다. 마음에 없는 소리를 입으로 말하는 것은 간단하지만, 눈으로까지 나타내는 것은 매우 어려운 일이라고 생각하기 때문이다.

남을 중상하지 마라

다음으로 조심해야 할 것은 자신이 나서서 남의 험담에 귀를 기울이거나 뜬소문을 퍼뜨리지 말아야 한다는 것이다. 그런 행실은 우선 당장은 즐거울지 모르나 냉정하게 생각해 본다면, 아무런 득이 되지 않는다는 것을 알게 될 것이다. 중상을 하면 하는 쪽이 비난을 받을 뿐이다.

'웃음'에도 품위가 있다

큰 소리로 웃는 것도 좋지 않다. 큰 소리로 웃는 것은 시시한 것에서 기쁨을 찾는 어리석은 자들이 하는 짓이다. 정말 기지가 풍부한 사람이나 분별력이 있는 사람은, 결코 남을 어리석은 일로 웃게 하거나 자기도 큰 소리로 함부로 웃거나 하지 않는다. 웃더라도 소리를 내지 않고 조용히 미소만 지을 뿐이다. 너는 절대로 큰 소리로 웃는 따위의 천박한 행동을 해서는 안 된다. 킬킬 웃어대는 것은 어리석

음의 증표나 다름없다.

예를 들어 누군가가 의자에 걸터앉으려 했다고 가정하자. 그런데 미끄러져 엉덩방아를 찧는다. 결국 일시에 웃음이 터져 나온다. 이거야말로 저속한 웃음인데도 그들은 그것을 즐겁다고 한다. 얼마나 저속하고 소견머리 없는 즐거움이냐! 천박스런 나쁜 장난이나 하찮은 우발 사건을 보고 크게 웃는 것 외에는 다른 즐거움은 없을 것이라는 생각까지 드는구나. 게다가 그렇게 큰 소리로 웃는다면 곁에 있는 사람의 귀에 거슬릴 것이고 보기에도 흉하지 않겠니?

이런 바보스런 웃음은 참으려고만 한다면, 간단히 참아낼 수 있다. 그런데 그렇게 하지 않는 것은 웃음이란 명랑하고 즐겁고 좋은 것이라는 이미지가 고정관념으로 정착되어 있기 때문이란다. 그래서 그것이 올바른 웃음인지 아닌지 판단조차 하지 않고 무조건 웃는 것이다.

하찮은 '버릇'으로 자기 평가를 떨어뜨리지 마라

이야기를 하면서 무턱대고 웃는 버릇을 가진 사람도 있다. 내가 아는 사람 가운데 워러 씨라는 분이 있는데 이분의 경우, 인격은 매우 뛰어나지만 유감스럽게도 웃지

않고는 말을 못하는 사람이란다. 이 사람을 잘 모르는 사
람은 그런 그의 모습을 보고 처음에는 머리가 조금 이상
한 게 아닌가 하고 생각하는데, 그렇게 여겨지는 것도 무
리가 아니다.

이 외에도, 그다지 인상이 좋다고 할 수 없는
버릇이 많이 있단다. 처음으로 사회에 발을
내디뎠을 때, 할 일이 없어 따분하거나
괜히 으쓱한 기분이 들곤 해서 무의식
중에 해본 좋지 않은 동작이 그대로 몸에 굳어 버린 경우
다.

사회에 첫발을 내디뎠을 때는 어찌해야 좋을지 몰라 여
러 가지 표정을 지어 보기도 하고, 갖가지 동작을 시도해
보기도 하는 법이다. 그런데 그것이 자기도 모르는 사이
에 버릇이 되어 지금까지도 콧등에 손을 올리거나 머리
를 긁적거리거나 또는 모자를 만지작거리는 버릇으로 굳
어진 경우다.

보고 있으면 어딘지 모르게 어색하고 침착성이 없는 사
람은 그런 버릇이 남아 있다. 그리고 이러한 사람이 생각
외로 많이 있다. 그러나 많다고 해서 그것이 괜찮다는 말
은 아니다. 나쁜 짓을 하고 있는 것은 아니지만, 역시 남

이 보기에 눈에 거슬리는 일은 될 수 있는 대로 하지 않는 것이 좋단다.

그룹 활동에서
성공하는 비결

● ● ●

특정한 유머나 농담은 어떠한 집단
에서만 통용되는 경우가 많다. 이러
한 것들은 특수한 토양에서 생겨나는 것인지도 모른다.
다른 땅에 이식하려고 해도 무리일 때가 많기 때문이다.

어떤 그룹에도 그 그룹 특유의 배경이라는 것이 있다.
그곳에서 독특한 표현이나 말이 생겨나, 나아가서는 독
특한 유머나 농담이 생겨나는 것이다. 그러니 그 유머가
토양이 다른 별개의 그룹에선 무미건조하고 아무런 재미
가 없으리란 것은 당연하다.

'공감되지 않는 재미없는' 농담만큼 참담한 기분을 들

게 하는 것은 없을 것이다. 흥이 깨지고, 심한 경우에는 무엇이 우스운 것인지 설명해 달라고까지 한다. 그럴 때의 참담한 기분은 새삼스럽게 여기서 설명할 필요가 없을 것이다.

농담뿐만이 아니다. 어떤 모임에서 들은 얘기를 다른 모임에 가서 경솔하게 입에 담는 행동은 삼가야 할 것이다. 대수로운 일이 아니라고 하겠지만, 돌고 돌아서 상상 이상의 중대한 사태를 초래하게 될지도 모르니까 말이다.

게다가 그런 행동을 하는 것은 무엇보다도 예의에 어긋나는 일이다. 규제 같은 것은 없다고 하지만 어딘가에서 들은 대화 내용을, 함부로 입 밖에 내지 않는다는 것은 무언의 약속과도 같은 것이란다. 또한 그것을 어기면 여기저기서 비난을 받게 되어 어디를 가나 환영받지 못하게 된다.

자기 의견을 갖지 못한 '호인'은 큰 인물이 될 수 없다

어떤 그룹에나 이른바 '호인'들이 있다. '좋은 사람'이라는 이유 하나만으로 그 집단에 가입하게 된 사람들이다. 그들을 잘 관찰해 보면, 사실은 아무런 특색도 없고

매력도 없으며, 자기의 의견이나 의지도 없는 사람인 경우가 대부분이다.

그들은 동료들이 한 일이나 말에는 무엇이든지 간단하게 동의하고 양보하며 칭찬을 한다. 그룹의 대부분이 동의했다는 것만으로 아무리 잘못된 일이라도 그야말로 간단하게 영합하고 만다. 왜 그런 시시하고 어리석은 짓을 하는 것일까? 그것은 그렇게 하는 것 이외에는 아무런 쓸모가 없기 때문이다.

너는 좀더 참신한 이유로 그룹의 일원으로 받아들여질 수 있도록 노력해 주기 바란다. 그러기 위해서는 자신의 의지와 생각을 가져야 하며, 손쉽게 그것을 바꾸지 않아야 한다. 다만 그것을 표현할 때는 예의가 바르고 유머가 있어야 하며, 가능하다면 품위를 지키면서 행해 주기를 바란다.

겉치레 말을 할 수 있는 것도 뛰어난 능력이다

어떤 그룹에서도 그 그룹의 화술이나 복장, 취미와 교양을 좌우하는 인물이 있다. 그 사람이 여성이라면 당연히 미모와 기지, 복장 그밖에 모든 면에 뛰어난 인물일 것이다. 남성도 비슷한 조건이겠지만, 그날의 모임을 열광시켰느냐의 여부보다는 더 근본적인 부분에서 그룹 전체를 이끌어 가고 있는지 아닌지에 따라 결정될 것이다. 모든 사람들의 눈이 이런 사람에게 집중되는 것은 자연적인 현상이다. 일종의 위압감이 있는 것이리라.

이를 거역하면 어떻게 될까? 즉시 추방당하게 된다. 어떠한 기지도 예의범절이나 취미나 복장도 그 자리에서 거절당한다. 그러므로 그런 사람에 대해서는 순수하게 따라 주면 된다. 다소의 아부 정도는 괜찮을 것이다. 그렇게 되면 강력한 추천장을 얻은 것과 같다.

자연스럽게 '배려'할 수 있는
사람이 되라

• • •

남을 화나게 만들기보다는 기쁘게 해주고 싶고, 욕설을 듣기보다는 칭찬을 듣고 싶고, 미움을 받기보다는 사랑을 받고 싶다면 항상 상대방을 배려해야 한다는 점을 잊지 말아야 한다. 그렇다고 거창하게 생각할 필요는 없다. 아주 사소한 일이면 된다.

예를 들어 사람에게는 각기 약간의 버릇이라든가 취미, 좋아하고 싫어하는 것들이 있는데, 이것을 관찰하면 된다. 그리고 좋아하는 것은 눈앞으로 내놓고 싫어하는 것은 뒤로 감추는 것이다.

비근한 예를 든다면, "당신께서 좋아하시는 포도주를 준비해 두었습니다."라고 말하는 정도로 족하다. 또는 "그분은 이 자리에 어울릴 것 같지 않아서 오늘은 모시지 않았습니다."라고 한마디 하는 것으로도 충분하다. 이와 같이 작은 배려가 상대방의 마음을 열게 하며, 자기를 이렇게까지 생각해 주는가 하고 감격하게 만든다.

그와 반대로 싫어한다는 것을 알고 있으면서도 부주의하게 그것을 내민다거나 하면 결과는 보나마나다. 상대방은 무시당했다고 생각하거나 경멸받았다고 생각해서 언제까지나 좋지 않은 생각을 가질 것이다.

아주 사소한 것이라도 좋다. 사소한 것일수록 오히려 특별한 배려를 해주었다고 생각하고, 더 좋은 일을 해준 것보다도 감격하게 되는 것이란다.

너도 아마 그런 기억이 있을 것이다. 아주 조그마한 배려가 얼마나 기뻤었는지. 인간이면 누구나가 지니고 있는 허영심이 이런 것으로 얼마만큼 만족을 느끼게 되었는지를. 그뿐이 아니란다. 생각하면 아주 하찮은 것이었는데, 그런 일이 있은 후엔 그 사람에게 기울어지고 그 사람이 하는 일 모두가 호의적으로 보이지 않았었니? 사람이란 대개 그런 것이란다.

상대방이 칭찬받고 싶어 하는 것을 칭찬해 주어라

특정한 사람의 마음에 들고 싶다거나 특정한 사람과 친구가 되고 싶다면, 그 사람의 장점과 단점을 찾아내서 그 사람이 듣고 싶어 하는 칭찬을 해주는 방법도 있다.

사람에게는 실제로 훌륭한 부분과 훌륭하다고 인정받고 싶어 하는 부분이 있다. 훌륭한 부분을 칭찬받는 것도 기쁘지만, 그 이상으로 기쁜 일은 훌륭하다고 여겨 주었으면 하는 부분을 칭찬받는 일이다. 이것만큼 자존심을 만족시켜 주는 일은 없다고 해도 좋다.

어떤 사람이나 칭찬받고 싶어 하는 마음이 있다. 그것을 발견하려면 관찰하는 것이 제일이다. 그 사람이 즐겨 화제로 삼는 것을 주의해서 관찰해야 한다. 대개는 자기가 칭찬받고 싶은 일, 인정받고 싶은 일을 가장 많이 화제로 삼기 때문이다.

때로는 '눈을 감아 주는 것'도 중요하다

오해하지 말았으면 좋겠구나. 내가 말하는 것은 비열한

아첨을 해서 사람을 조종하라는 의미가 아니란다. 남의 결점이나 좋지 못한 행동까지 칭찬할 필요는 없으며 칭찬해서도 안 된다. 아니 오히려 그러한 것은 좋지 않다고 조언할 수 있어야 한다고 생각한다.

그렇지만 너도 생각해 보렴. 인간의 결점이나 천박스럽지만 어린애 같은 허영심에 대해서 눈을 감지 않으면 이 세상을 살아갈 수 없단다.

누군가가 실제보다 현명하다고 인정받고 싶어 한다거나 아름답게 보이고 싶어 한다고 해서 다른 사람들에게 해를 끼치는 것은 아니다. 그리고 그렇게 생각하는 사람들에게 당신의 그런 생각은 잘못된 것이라고 말하는 것도 부질없는 일이다. 차라리 그런 말을 해서 불쾌한 생각을 갖게 하느니, 다소의 빈말이라도 해서 그들의 마음을 좋게 해주어 친구가 되는 편이 나을 것 같구나.

상대방에게 장점이 있으면 너 역시 기분 좋게 찬사를 던질 수 있을 것이다. 그러나 자기로서는 그다지 인정할 수 없는 일이지만 그 사회에서 인정받고 있는 것이라면 눈을 감고 찬성해 주는 편이 좋은 경우도 때로는 생기게 된단다.

너는 남을 칭찬하는 데 익숙하지 못한 것 같다. 그러나

그것은 인간이 얼마나 자기의 생각이나 취향을 지지받고
싶어 하는지 아직 잘 모르고 있기 때문이란다.

우리들은 자기의 생각뿐 아니라 버릇이나 복장과 같은
대수롭지 않은 것이라도 누군가가 흉을 보면 기분이 상
하고, 인정을 받으면 크게 기뻐하기 마련이다. 재미있는
이야기 하나를 소개하겠다.

찰스 2세의 악명 높은 통치 시대의 이
야기란다. 당시 대법관으로 일하고 있던
샤프츠베리 백작은 장관으로서 뿐만 아니
라 개인적으로도 왕의 총애를 받고 싶어 했다. 이에 왕
이 여자를 좋아한다는 사실을 알고 있었던 샤프츠베리는
한 계책을 생각해 내고 자기도 여자를 거느렸다.(하지만 실
제로 그 여자의 집에 발을 들여 놓은 일은 없었다.) 그 소문을 전
해들은 왕은 샤프츠베리에게 그것이 사실이냐고 물었다.
샤프츠베리는 "사실입니다. 그 여자 말고도 여러 명의 여
자를 더 두고 있습니다. 변화가 있는 편이 즐거울 테니까
요."라고 대답을 했다는구나.

며칠이 지나서 일반의 알현식 행사 때 왕은 멀리서 샤
프츠베리를 발견하고는 주위에 있는 사람들에게 이렇게
말했다.

"경들은 믿지 않겠지만, 저기 보이는 저 마음 약한 작은 사나이가 이 나라 제일가는 한량이라오."

샤프츠베리가 가까이 다가오자 웃음이 퍼져 나갔다.

"지금 경에 대해서 이야기를 하고 있던 참이오."라고 왕은 말했다.

"예? 제 얘기를 말입니까?"

"그렇지, 당신이 이 나라에서 제일가는 한량이라고 얘기하고 있었던 중이요. 어떻소? 내 말이 틀렸소?"

샤프츠베리는 말했다.

"예, 그 말씀입니까. 그 얘기라면 아마 제가 첫째가 되지 않을까 생각합니다."

왕이 얼마나 기뻐했는지를 쉽게 상상할 수 있을 것이다.

사람에게는 각기 특유의 사고방식, 행동 양식, 성격과 외관이 있다. 그것에 대해서는 적어도 입 밖에 내어 이러쿵저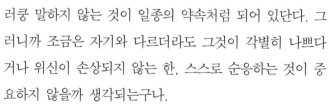러쿵 말하지 않는 것이 일종의 약속처럼 되어 있단다. 그러니까 조금은 자기와 다르더라도 그것이 각별히 나쁘다거나 위신이 손상되지 않는 한, 스스로 순응하는 것이 중요하지 않을까 생각되는구나.

뒤에서 칭찬받는 것만큼 기쁜 일은 없다

상대방을 가장 기쁘게 하는 칭찬은 다소 전략적이긴 하지만 뒤에서 칭찬해 주는 일이다. 그렇다고 하더라도 그 사람이 없는 곳에서 칭찬하는 것만으로는 의미가 없다. 그 사실이 칭찬받은 상대방에게 확실히 전달되어야만 한다.

중요한 것은 칭찬한 것을 전해 줄 만한 사람을 고르는 일이다. 전해 줌으로써 그 사람도 득이 될 수 있는 사람을 찾는다면 더욱 좋을 것이다. 그렇게 되면 확실하게 전해 줄 뿐만 아니라 어쩌면 과장해서 전해 줄지도 모른다. 남에 대한 찬사 가운데 이보다 더 기쁘거나 효과적인 것은 없다고 말해도 좋다.

지금까지 써 온 내용들은 앞으로 사회에 첫발을 내딛게 되는 네가 타인과의 건전한 교제를 하는 데 필요한 것들이라고 생각해 주었으면 좋겠다. 나도 네 나이 때에 이런 것을 알고 있었다면 얼마나 좋았을까 하고 생각한다. 나의 경우에 이러한 것들을 체득하는 데 자그마치 35년이라는 세월이 걸렸다.

친구가 많고, 적이 적은 사람이
진정한 '강자'다

• • •

이 세상에 적이 없는 인간이란 존재하지 않으며, 모든 인간으로부터 사랑을 받는 사람도 없다. 하지만 그렇다고 해서 사랑받는 노력을 하지 않아도, 혹은 게을리 해도 좋다는 뜻은 아니다.

나의 오랜 경험으로 미루어 보면, 친구가 많고 적이 적은 사람이 이 세상에서 가장 강하더구나. 그러한 사람은 원한을 사거나 시기를 받는 일이 좀처럼 없기 때문에 누구보다도 빨리 출세하게 되고, 만일 몰락한다 해도 사람들의 동정을 받지 못한 비참한 몰락은 아니다.

그러니 '친구가 많고, 적이 적은 인생을 살자.'는 목표를 세우고 지내는 것도 좋을 것이다.

사람은 '머리'가 아니라 '배려'로 자신을 지킨다

고(故) 오몬드(Ormonde: 1610~1688, 아일랜드의 정치가) 공작의 이야기를 들어 본 일이 있느냐? 머리는 좋지 않았지만 예의범절에 있어서는 그를 앞서는 자가 없었고, 이 나라 제일의 인망을 자랑했던 인물이란다. 원래가 소탈하고 상냥한 성격인데다가, 궁정 생활과 군대 생활에서 몸에 익힌 사근사근한 말씨와 자상한 배려심이 더해져 그 매력은 이 사람의 무능력을 완벽히 보완하고도 남을 정도였단다. 누구에게도 완벽하다는 평가는 받지 못했으나 모든 사람들로부터 사랑받았다.

그 인망의 정도가 뚜렷이 나타난 것은 앤 여왕이 세상을 떠난 후, 불온한 난동을 일으켰던 사람들이 탄핵 재판을 받을 때였다. 같은 행동을 했다는 혐의로 오몬드 공작에 대해서도 처벌이 내려졌지만, 그것은 다른 사람들의 처벌과 달랐다. 오몬드 공작의 탄핵 결의안은 다른 어느 누구보다도 매우 적은 찬성표로 상원을 통과했다. 그리고 결국은 탈출하게 되었는데 누구도 공작에게 해를 가하지 않았다고 한다. 공작에게는 적 대신에 호감을 품고 있는 수천 명의 사람이 있었기 때문이란다.

이런 일 모두 그 근원을 캐 본다면, 공작에게는 사람을 기쁘게 해주려는 자연스러운 마음가짐이 있었고, 그것을 경험에 의해서 실천했기 때문이었다.

'사랑 받고자 하는 노력'을 게을리 하지 마라

신망만큼 합리적이고 착실한 근거는 없다. 한 사람의 인간을 만들어 내는 것은 사람들의 호의이고 애정이며 선의인 것이다.

이러한 것을 손에 넣으려면 어떻게 하면 좋을까? 우선 그것들을 손에 넣으려는 노력이 필요하다. 이제까지 노력하지 않고 얻은 사람은 없으니까 말이다.

내가 사람들의 호의나 애정이라고 말하는 것은, 연인들 사이의 감상적인 감정이나 친구간의 우애처럼 가까운 사이에 한정되는 것과는 다른 것이다. 우리들이 여러 부류의 사람들과 관계를 맺을 때, 그 사람에게 적합한 기쁨을 느끼게 해줌으로써 손에 넣을 수 있는 보다 광범위한 호

의와 애정과 선의를 말한다.

내가 지금까지 살아온 40년 이상의 경험을 바탕으로 20세부터 인생을 다시 시작해 보라고 한다면, 나는 인생의 대부분을 가능한 많은 사람들로부터 사랑받을 수 있는 노력을 하는 데에 쓰고 싶구나.

옛날처럼 나에게 얼굴을 돌려주기를 바라는 남성이나 여성의 마음을 사로잡는 일에만 전념한 나머지 다른 사람은 어떻게 되든 상관이 없다는 태도는 버리고 싶구나. 그보다는 많은 사람들로부터 호감을 받으며 그 속에서 편안하게 안주하는 편이 좋겠지. 그것이 가장 큰 방패다. 남성이든 여성이든 인간이라는 것은 신망에 약한 법이다. 신망을 방패로 삼고 있는 사람은 성공의 가능성도 높고 그 정도도 크다. 여성도 신망이 있는 남성에게는 이상하게 마음이 이끌리는 법이다.

신망을 얻는 일은 그리 어려운 것이 아니다. 우아한 몸가짐, 진지한 눈초리, 세심한 배려, 상대가 기뻐할 언사, 분위기, 복장 등 실로 아주 조그마한 행위가 몇 가지 모이면 상대방의 마음을 사로잡을 수 있다.

보기에는 아름다우나 조금도 내 마음을 사로잡지 못했던 여성들이 있는데 그들은 사람의 마음을 사로잡는 방

법을 터득하는 일을 게을리 했기 때문이란다. 반면 나는
그다지 아름답다고는 할 수 없는 여성과 연애를 한 적이
있는데 그 여성은 기품이 넘쳐흐르고, 사람을 기쁘게 하
는 방법과 마음을 사로잡는 방법을 잘 알고 있었다. 나는
내 생애에서 이 여성과 연애를 했을 때만큼 열중했던 일
은 없었던 것 같다.

어디서건
빛나는
품격을 길러라

(지식을 채우는 것만이 공부가 아니다.
사람 됨됨이가 훌륭해야 한다.)

장식이 없는 '골조만의 건물'이
되지 마라

• • •

너라고 하는 조그만 건축물도 이제 그 골격이 거의 완성되어 가고 있구나. 나머지를 아름답게 마무리 짓는 일이 너의 의무이고, 또 나의 가장 큰 관심사다. 너는 온갖 우아함과 교양을 몸에 익혀야만 한다. 그것들은 골격이 단단히 되어 있지 않으면 빈약한 장식물에 불과하지만, 골격이 단단하게 되어 있으면 멋진 장식이 되어 건축물을 돋보이게 한다. 아니, 오히려 아무리 견고한 골격이라도 장식이 없으면 매력은 반감되는 것이란다.

너는 토스카나식 건축이라는 것을 잘 알고 있을 것이

다. 모든 건축 양식 가운데서 가장 견고한 것이지. 그러나 동시에 이것은 가장 세련되지 못한 촌스러운 양식이기도 하단다. 견고하다는 점에서 본다면 대형 건축물의 기초나 토대로서는 안성맞춤이라고 할 수 있겠으나, 만일 모든 건물이 이러한 식이라면 어떻겠니? 누구도 그 건물에 시선을 멈추는 사람은 없을 것이며, 그 앞에 멈춰서는 일은 물론이려니와 안에 들어가 보려는 사람은 더더욱 없을 것이다. 정면이 촌스럽고 초라하게 보이면 보나마나 뻔하다고 생각하여, 굳이 안에 들어가 완성된 결과나 장식 따위를 볼 필요성도 없다고 생각하는 것도 무리는 아니다.

그러나 토스카나식의 토대 위에 도리아식, 이오니아식, 코린트식의 기둥이 늘어서서 그 아름다움을 자랑하고 있다면 어떻게 될까? 건축물에 전혀 관심이 없는 사람일지라도 자신도 모르게 눈을 빼앗기게 될 것이고, 아무리 바쁘게 지나치던 사람일지라도 발을 멈추게 될 것이다. 그리고 호기심이 생겨 안으로 들어가 보게 될 것이다.

'자신을 보다 돋보이게 하는 재능'을 길러라
여기에 한 남자가 있다고 가정하자. 지식과 교양은

255

그저 평범하지만 태도와 언행은 품위가 있고 정중하며, 친근감을 주고…… 이른바 좋게 보이게 하는 재능에 뛰어난 사람이다.

여기에 또 다른 한 사람의 남자가 있다. 지식이 풍부하고 판단력도 예리한 남자다. 하지만 앞의 남자에게 있는, 즉 자신을 돋보이게 하는 재능은 부족하다.

그렇다면 어느 쪽 남자가 이 세상의 험한 풍파를 잘 헤쳐 나갈 수 있을까? 그렇단다, 분명히 앞에 제시한 남자일 것이다. 장식품을 많이 붙인 사람이 자기를 장식하려고 하지 않는 사람을 마음대로 농락할 것이다.

그다지 현명하다고는 볼 수 없는 사람들(전 인류의 4분의 3 정도는 그럴 것이다.)의 마음을 사로잡는 것은 언제나 외관이다. 그들에게 있어서는 예의범절이나 사람을 대하는 태도, 교제 방법 등이 전부인 것이다. 그 이상 깊은 곳은 보려고 하지 않는다. 그런데 이것은 현인도 마찬가지다. 현인이라고 해도 크게 다르지는 않을 것이다.

철두철미하게 '품위'를 지켜라

사람의 마음을 사로잡고 싶으면 우선 오관에 의지하는

것이 가장 중요하다. 눈을 즐겁게 해주고, 귀를 즐겁게 해주어라. 그렇게 해서 이성을 묶어 두고 마음을 빼앗는 것이다.

그런 의미에서는 '철두철미하게 품위를 지키라'고 권하고 싶다. 같은 것이라 해도 품위를 느끼게 하는 것과 그렇지 않은 것과는 받아들이는 쪽에서 하늘과 땅만큼의 차이가 있으니까 말이다.

잘 생각해 보려무나. 차림이 단정치 못하고, 더듬거리며 조그만 목소리로 우물우물하며, 행동에 조심성이 없는 사람을 처음 만나면 어떤 인상을 갖게 되겠니? 그 사람에 대해서는 아무것도 모르고 있는데도 불구하고, 아니 어쩌면 훌륭한 면을 가지고 있을지도 모르는데도 마음속으로 거부해 버리지는 않을까?

그런데 그와는 반대로 언행 전반에 걸쳐 세심하게 신경을 쓰고 있어서 품위가 느껴진다면 어떨까? 내면 같은 것은 몰라도 보는 순간에 마음을 빼앗기고 그 사람에게 호의를 갖게 되지 않을까?

무엇이 그토록 사람의 마음을 끄는지를 설명하기란 참으로 어려운 일이다. 하지만 한 가지 분명하게 말할 수

있는 것은, 말로써는 설명할 수 없는 어떤 보잘것없는 동
작이나 대수롭지 않은 말씨 등 전체적으로 교양 있게 보
이는 태도가 사람의 마음을 사로잡고 놓아 주지 않는다
는 사실이다. 마치 모자이크가 한 조각만으로는 아름답
지도 않고 아무런 의미도 없지만, 그것들이 모이면 하나
의 무늬를 만들어서 아름다워지는 것과 비슷하다.

　산뜻한 옷차림, 상냥한 태도, 절도를 지닌 의복, 기분
좋게 울리는 목소리, 편안하고 구김살 없는 표정, 상대방
의 기분에 맞추면서도 맺고 끊는 맛이 있는 또렷한 말씨
가 왠지 사람의 마음을 사로잡고 놓아 주지 않는 사소한
요소임에는 틀림없다. 적어도 나는 그렇게 생각하고 있
단다.

다른 사람의
'장점'을 흉내 내라

• • •

사람의 마음을 휘어잡을 수 있는 언행은 아무나 몸에 익힐 수 있는 것일까? 훌륭한 사람들과 빈번하게 교유할 수 있는 입장에 있고 자기에게 그럴 마음이 있다면 반드시 할 수 있다. 훌륭한 사람들을 주의 깊게 관찰하고 그가 하는 대로 따라 하면 된다. 그렇게 하면 자기도 할 수 있게 되는 것이다.

우선 처음 보는 사람인데도 왠지 모르게 마음이 끌리고 호감이 가는 사람이 있으면, 그 사람의 언행을 잘 관찰하여 무엇이 그렇게 자신의 마음을 사로잡고 있는가를 봐야 할 것이다.

대개는 여러 가지 언행이 한데 어우러져 있는 경우가 많지만, 보통 겸허하면서도 당당한 태도, 비굴하지 않은 경의의 표현, 우아하고 꾸밈이 없는 움직임, 절도 있는 의복일 것이다.

아무튼 그것을 알게 되었다면 그대로 흉내 내 보는 것이다. 그렇다고 해서 자신의 개성을 버리고 맹목적으로 흉내만 내어서는 안 된다. 위대한 화가가 다른 화가의 작품을 모사하듯이, '아름다움'이라는 관점이나 '자유'라는 관점에서도 결코 원작에 뒤떨어지지 않도록 정성껏 흉내를 내야 할 것이다.

복제가 되지 않도록 흉내 내라

만인으로부터 예의범절도 훌륭하고 호감이 가는 인물이라고 인정받는 사람을 만나면, 그 사람도 주목하여 주의 깊게 관찰해 보는 것이 좋겠다.

'손윗사람에게는 어떤 태도로 대하고 있는가? 자기와 지위가 같은 위치의 사람과는 어떠한 교제 방식을 취하고 있는가? 또한 자기보다 지위가 낮은 사람에게는 어떠한 대우를 하고 있는가? 오전 중에 사람을 방문했을 때

는 어떤 내용의 이야기를 하는가? 식탁에서는 어떤가? 그리고 저녁 모임에 나가서는 어떤가?' 등 이런 것들을 철저하게 관찰해서 그대로 실천해 보도록 해라. 다만 명심할 것은 원숭이 흉내가 되어서는 안 된다는 사실이다. 그 사람의 복제가 되기 때문이다.

그렇게 노력하는 가운데 그 사람은 남을 함부로 대한다거나 무시한다거나, 자존심이나 허영심을 손상시키는 등의 행위는 절대로 하지 않는다는 것을 알게 될 것이다. 그와 동시에 각기 상대하는 사람에 맞추어서 경의를 표하거나 마음을 써 주는 등 상대방을 기쁘게 해서 마음을 사로잡는다는 것도 알게 될 것이다. 결국 뿌리지 않은 씨앗은 싹이 나지 않는 법이다. 호감을 얻을 수 있는 인물도 결국은 스스로 정성들여 씨를 뿌리고 가지가 휘도록 맺은 열매를 거둬들이고 있는 것에 불과하다.

호감을 얻을 수 있는 태도는 실제로 흉내를 내는 동안에 몸에 익혀지기 마련이다. 그것은 현재의 너 자신을 뒤돌아본다면 금방 알 수 있을 것이다. 현재의 자신은 절반 이상이 모방에 의해 이루어져 있는 것은 아닐까? 중요한 것은 좋은 본보기를 선택한다는 것, 그리고 무엇이 좋은

가를 확인하는 일이다.

인간이란 평소에 자주 접하는 상대방의 분위기, 태도, 장점과 단점뿐만이 아니라 그 사람의 사고방식까지도 무의식중에 받아들이고 있다. 나와 친분을 맺고 있는 몇몇 사람들도, 친분을 맺고 있는 사람들 덕에 발전한 인물들이 여럿 있다. 내가 항상 말하고 있는 것처럼, 너도 훌륭한 사람들과 사귀게 되면 특별나게 어떤 일을 하지 않더라도 자신도 모르는 사이에 그들처럼 될 수 있을 것이다. 거기에 집중력과 관찰력이 더해진다면 날개를 단 것처럼 더 빨리 그들과 대등하게 될 수 있을 것이다.

어떤 인간이든 네 스승이 될 수 있다

애석하게도 주변에 호감이 가는 사람이 없다면 어떻게 해야 좋을까? 그렇다면 누구라도 좋으니까 그곳에 있는 사람을 차분하게 관찰해 봐라. 아무리 훌륭한 사람이라도 모든 장점을 다 가질 수는 없는 것과 마찬가지로, 아무리 쓸모없이 보이는 사람이라도 반드시 한 가지 정도는 좋은 점을 갖고 있기 마련이다. 따라서 넌 그것을 모방하면 된다. 그리고 마음에 들지 않는 부분은 역으로 생각해 참고한다면 좋을 것이다.

　호감을 갖게 하는 사람과 그렇지 않은 사람의 차이는 무엇이겠니? 그것은 말과 행동의 내용은 같아도 태도나 방법이 전혀 다르기 때문이다. 세상 모든 사람은 말을 하고, 움직이고, 옷을 입고, 먹고 마시는 일을 한다. 하는 일은 다들 동일하다. 그러나 다른 것은 그 방법과 태도다. 그러므로 어떠한 말씨, 걸음걸이, 태도 등이 좋지 않은 인상을 주는지 잘 관찰해 본다면, 자신이 어떻게 해야 좋은지를 저절로 알게 될 것이다.

사람의 마음을
사로잡는 방법

• • •

실제로 사람의 마음에 호소하려면 어떻게 해야 좋을까? 다음의 몇 가지 항목으로 정리해서 써 보고 싶구나. 너에게 참고가 된다면 좋겠다.

아름답게 서고, 걷고, 아름답게 앉는다

며칠 전, 언제나 너를 칭찬해 주시는 하비 부인으로부터 편지를 받았다. 네가 어떤 곳에서 댄스를 하고 있는 모습을 우연히 목격했는데, 아주 우아하고 아름다운 몸동작이었다고 적혀 있더구나. 나는 그 글을 읽고 매우 기뻤단다. 댄스를 우아하고 아름답게 할 수 있다면 걷는 것, 서는 것, 앉는 것도 우아하고 아름답게 할 수 있을 것이라고 생각했기 때문이란다.

서고, 걷고, 앉는 것은 단순한 동작이지만, 춤을 잘 추는 것보다도 훨씬 중요한 일이다. 내가 아는 사람 가운데 댄스는 서툴러도 동작이 우아한 사람은 있지만, 댄스를 잘하면서 동작이 보기 흉한 사람은 하나도 없단다.

그런데 우아하고 아름답게 서고 걸을 수는 있지만, 우아하고 아름답게 앉을 수 있는 사람은 여간해서 없더구나. 남 앞에 나서면 위축되어 버리는 사람은 부자연스럽게 등을 세우고 딱딱한 자세로 앉는다. 그러나 싹싹하고 구김살이 없는 타입의 사람은 의자에 온 체중을 맡기고 기대앉는다. 이런 자세는 여간 친근한 사이가 아니면 그렇게 좋은 인상을 주지 않는다.

모범적으로 앉으려면, 우선 마음을 편안하게 가지고 또한 겉으로도 그렇게 보이도록 온 체중을 싣지 말고 여유 있게 걸터앉으며, 힘을 빼고 자연스럽게 앉아 있어야 할 것이다. 아마 너는 잘할 수 있으리라 믿지만, 혹시 그렇지 못하다면 될 수 있는 대로 이에 가깝도록 연습을 하거라.

아주 사소한 동작의 아름다움이 여성뿐만 아니라 남성의 마음까지도 사로잡는 법이란다. 그것은 직장에서도 마찬가지다. 우아한 행동거지가 얼마만큼 사람의 마음을 끌어당기는 것인지 깊이 인식하도록 해라.

예를 들어 한 여성이 부채를 떨어뜨렸다고 하자. 전 유럽에서 가장 우아한 남자와 가장 우아하지 못한 남자가 그것을 주워 건네주는 것에는 다를 바가 없다. 그러나 결과에는 큰 차이가 있다. 우아한 남자는 주워 주었을 때 감사의 인사를 받을 테지만, 덤벙거리는 남자는 그 어색한 동작 때문에 오히려 웃음거리가 될 것이다.

우아한 행동거지를 취하는 것은 공공장소에만 한정된 것은 아니다. 일상의 장소에서도 마찬가지란다. 사소한 일이라고 해서 소홀히 하면 꼭 필요한 때에 어려움을 겪게 된다. 커피 한 잔을 마시더라도 찻잔을 잘못 잡아서 커피가 잔 밖으로 흘러넘치는 일이 없도록 조심해야 한다.

쉽게 개성이 드러나지 않는 복장이 최고의 몸단장이다

이제는 너도 자신의 복장에 대해서 확실한 주관을 가져도 좋을 나이가 되었다. 나는 사람의 복장을 보면 그 사

람의 됨됨이까지 생각하게 되더구나. 다른 사람들도 대
개는 그렇지 않을까 싶다.

　　　　나의 경우, 복장에서 조금이라도 태를 부
리는 느낌이 들면 그 사람의 사고방식도
조금 비뚤어져 있는 게 아닌가 하고
생각한단다. 예를 들면, 현대의 영국
젊은이들은, 물론 다소간의 차이는 있겠지만 복장으로
자기 나름대로의 주장을 하고 있는 것 같더구나. 야단스
럽고 화려한 복장을 하고 있는 사람을 보면, 속이 텅 빈
것을 감추기 위해 일부러 위압적인 차림을 하고 있는 것
같아서 기분이 나빠진다.

　한편, 입는 것에 전혀 신경을 쓰지 않아서 궁정 안의
사람인지 마차를 부리는 마부인지 구별할 수 없는 옷차
림을 하고 있는 사람을 보면, 또한 그 알맹이까지 의심하
지 않을 수가 없다.

　분별 있는 사람은 복장에 개성이 나타나지 않도록 마음
을 쓰며, 자기만의 특출한 옷차림은 하지 않는다. 그 지
역의 지식인, 그 사회의 사람들과 비슷한 정도의 모양,
비슷한 복장을 한다. 옷차림이 지나치게 화려하면 들떠
보이고, 지나치게 초라하면 실례가 되기 때문이다.

268

그렇긴 하지만 내 개인적인 생각으론, 젊은이는 초라한 것보다는 다소 화려한 것이 나을 것 같다. 다소 화려한 것은 나이가 들면 점차 수수해지기 때문에 걱정할 필요가 없을 것이다. 그러므로 주위 사람들이 훌륭한 옷차림을 했을 때는 너도 훌륭하게 하고, 간소하게 차리고 있을 때는 너도 간소하게 하도록 해라. 다만 항상 마름질이 잘된 것, 몸에 잘 맞는 옷을 입어야 한다. 그렇지 않으면 어색한 느낌을 주게 된다.

그리고 일단 그날의 복장을 결정하고 그 옷을 입었으면, 두 번 다시 복장에 대해서는 생각하지 말아야 한다. '아래위가 조화가 안 된 것은 아닐까, 색깔이 촌스러운 것은 아닐까' 하고 생각하고 있으면 동작이 부자연스럽게 된다. 일단 몸에 걸치고 나면 두 번 다시 생각하지 말고 자연스럽고 기분 좋게 행동해야 할 것이다.

그리고 머리 모양에도 신경을 써야 한다. 머리는 복장의 일부이기 때문이다. 또 너는 양말을 흘러내리게 신고 있거나 구두끈을 푼 채로 신거나 하지는 않겠지? 단정하지 못한 발의 모습만큼 조잡한 인상을 주는 것도 없으니까 말이다.

그리고 무엇보다 가장 중요한 것은 청결이다. 너는 손과 손톱을 항상 깨끗이 하고 있느냐? 식사 후에 이는 반드시 닦고 있을 테지? 이는 정말 중요하단다. 견디기 어려운 치통을 경험하지 않기 위해서라도 주의를 게을리 해서는 안 된다. 게다가 이가 나빠지면 고약한 냄새가 나게 되니까 주위 사람들에게도 실례가 되겠지.

너는 꽤나 건강한 치아를 갖고 있는 것 같지만, 나는 그렇지 못하다. 젊었을 때부터 주의를 게을리 했기 때문이란다. 식사 후에는 더운 물과 부드러운 칫솔로 4, 5분 동안 이를 닦고, 5, 6회는 헹궈 내는 습관을 붙이는 것이 좋겠다. 치열에 대해서는 그곳에 유명한 전문가가 있다고 들었다. 빨리 찾아가 이상적인 치열이 되도록 교정을 받도록 하거라.

'표정'을 가꾸면 마음도 따라 바뀐다

사람의 마음을 사로잡는 요인은 많이 있지만, 그중에서도 효과가 크고 사람의 눈을 붙잡고 놓아 주지 않는 것은 표정이 아니겠느냐? 그런데 너는 이 사실을 전혀 모르고 있는 것 같더구나.

보통 사람들은 조금이라도 자신의 용모나 자태에 미비

한 점이 있으면, 그것을 숨기고 보충하려고 필사적인 노력을 하는 법이란다. 그다지 잘 생겼다고는 할 수 없는 용모를 타고 난 사람은 말할 것도 없고 조금이라도 잘 보이려고, 고상하고 기품 있게 보이려고 상냥하게 미소 짓는 등 눈물겨울 정도로 노력을 하고 있다.

그런데 신께서 애써 내려 주신 용모를 고맙게 받아들이지 않고 그것을 모독하고 있는 것은 너뿐일 것이다. 네 얼굴 모습과 그 표정은 대체 어떻게 된 것이냐? 너 자신은 남자답고, 사려 깊고, 결단력이 풍부한 표정을 짓고 있다고 생각하고 있을지도 모르지만 그건 어림없는 착각이다. 기껏 칭찬해 봐야 매일 구령만 붙이고 위엄 있게 보이려고 애쓰고 있는 하사관과 같은 얼굴이다.

내가 알고 있는 어느 젊은이는 의회의 의원으로 처음 선출되었을 때, 사무실 거울 앞에서 표정과 동작 연습을 하다가 들켜 웃음거리가 된 일이 있다. 그러나 나는 웃을 수가 없었다. 아니, 오히려 그 젊은이가 웃고 있는 사람들보다 훨씬 사리를 잘 알고 있다고 생각했다. 그는 알고 있었던 것이다. 공공장소에 나섰을 때 표정과 동작이 얼마나 중요한가를 말이다.

이런 이야기를 하면 너는 분명히 이렇게 생각할 것이다. 그렇다면 온화한 표정을 짓기 위해 하루 종일 연구하고, 신경을 곤두세우고, 조심하라는 말이냐고. 그 질문에 대답해 주겠다. 하루 종일이 아니다. 2주일 동안이라도 좋으니 온화한 표정을 가질 수 있도록 노력해 주기 바란다. 그렇게 하면 그 다음에는 일체 얼굴표정에 대해서는 신경을 쓰지 않아도 된다. 큰 도움이 될 것이니 노력해 보려무나.

우선, 눈가에는 항상 부드러운 표정이 떠오르도록 해라. 그리고 전체적으로는 미소를 짓고 있는 듯한 표정을 짓도록 해라. 그런 의미에서 성직자의 표정을 보고 배우는 것이 어떻겠느냐? 선의가 흘러넘치고, 자애로 충만하고, 엄숙한 가운데서도 열기가 담긴 표정은 사람의 마음을 끌어당기는 힘을 가지고 있다고 생각되는데, 너는 어떻게 생각하니?

그리고 표정이 좋으면 그 사람의 마음까지도 좋아 보이게 된다. 표정에 마음이 드러난다고 생각하기 때문이다. 그래도 아직 표정을 꾸미는 것을 귀찮은 일이라고 생각하니? 1주일 동안에 겨우 30분 정도면 충분하지 않느냐? 그렇다면 묻겠는데, 너는 왜 그처럼 능숙해질 정도로 댄스를 배웠느냐? 그것도 역시 귀찮은 일이었을 텐데. 적어도 의무는 아니었을 테니까 말이다.

너는 아마도 이렇게 대답할 것이다. "그것은 사람들의 마음을 사로잡기 위해서입니다."라고. 그래, 맞는 말이다. 옳은 대답이다. 그러면 너는 왜 좋은 옷을 입고, 파마를 했지? 그것도 역시 귀찮은 일이 아니더냐? 머리는 생긴 대로 놔두는 것이 편하고, 옷도 얇은 누더기 같은 것을 걸치고 있는 것이 편할 것이다. 그런데도 왜 그런 것에 신경을 쓰고 있느냐 말이다.

너는 이렇게 대답할 테지. "그것은 남에게 불쾌한 인상을 주지 않기 위해서입니다."라고. 그것도 옳은 말이다. 그것을 알고 있다면 나머지는 다만 도리에 따라 행동하면 된다. 댄스나 복장이나 머리보다 더 근본적인 '표정'을 연구하기 바란다.

표정이 나쁘면 다른 모든 것이 훌륭하다고 해도 아무 소용이 없게 된다. 이 점을 항상 마음 깊이 새기도록 해라.

사람들에게 '호감'을 사기 위한
노력을 하고 있는가

• • •

지금까지 열거한 것들을 습관처럼 네 몸에 익히지 못한다면, 아무리 풍부한 지식을 가지고 있어도 네 의도대로 일이 진행되지는 않을 것이다. 그리고 지금 그것들을 몸에 익히지 않는다면 평생 할 수 없게 될 것이다. 그러니 다른 일은 모두 뒤로 제쳐 두고라도 지금은 이 일에만 집중해야 할 것이다. 견고한 뼈대와 매력적인 장식이 결합된다면 그것을 능가하는 것은 없을 것이다.

내가 이런 편지를 써서 너에게 외면을 장식하라고 계속 타이르고 있는 것을, 융통성이 없는 획일적인 사고방식의 사람이나 현실을 이탈한 현학적인 사람들이 안다면 그들은 도대체 어떻게 생각할까? 아마도 경멸하는 표정을 짓고, "아버지가 자식에게 주는 교훈이라면 이외에도 더 나은 것들이 얼마든지 있을 텐데." 하고 말할 것이 틀림없다.

아마도 그들의 사전에는 '호감을 산다' 라든가 '남에게 호감을 준다' 는 등의 말은 존재하지 않을 것이다. 그런데도 이 말이 현실적으로 존재하는 것은, 그만큼 사람들이 '호감을 산다' 는 것을 화제로 삼고 그것에 관심을 가지며 그렇게 되기를 바라고 있기 때문이란다. 결코 소홀히 여겨 웃어넘길 일은 아니다.

예의범절에 대하여

젊은이들 중에 이처럼 버릇없고 보기에 흉한 인간이 많은 것은 그 부모들이 예의범절을 소홀히 여기고 있거나 아예 그런 것에는 관심을 두지 않고 교육한 데 이유가 있지 않을까?

그들은 자식을 대학에 보내고 유학까지 보내 준다. 그러나 자녀에 대해서 무관심하거나 주변 사정에 어둡기 때문에 그보다 더 중요한 인성 교육에는 신경을 쓰지 않

는다. 그리고는 자신을 안심시키기 위해 이렇게 중얼거린다. '문제없어. 틀림없이 다른 집 아이들과 마찬가지로 잘해 나가고 있으니까'라고.

지식이 아닌 예의범절이나 생활 태도, 습관 등은 부모가 지적해 주지 않으면 달리 지적해 줄 사람이 없다. 전에도 여러 차례 얘기했지만, 자식의 예의범절이나 사람을 대하는 태도에 대해 이러쿵저러쿵 할 수 있는 사람은 아버지뿐이다. 그것은 자식이 어른이 되더라도 마찬가지다. 아무리 친한 친구라도 아버지의 경험만큼 소중한 가르침을 줄 수 없으며, 더구나 주의 같은 건 줄 수가 없다.

내 눈에서 도망칠 수 있는 것은 거의 없다고 해도 좋다. 너에게 결점이 있으면 그것을 재빨리 발견해서 고치도록 지시를 한다. 장점이 있으면 재빠르게 발견해서 박수를 보낸다. 그것이 부모로서의 나의 의무라고 믿고 있단다.

'책'으로 할 수 없는
교육이야말로 정말 중요하다

● ● ●

인간이란 본래 완벽한 존재가 아니다. 하지만 가능하면 완벽한 모습에 가깝도록 만들어 가려는 것이 네가 태어난 이래 내가 품어 온 소망이다. 그리고 나는 그것을 실현하기 위해 열심히 노력해 왔다. 그 수고를 아낀 적도 없고, 비용을 아끼지도 않았다. 인간은 교육을 통해 얼마든 거듭날 수 있다는 것을 잘 알고 있기 때문이다. 그것은 너도 경험으로 알게 되었을 것이다.

먼저, 아직 판단력이 붙기 전인 어린 너에게 내가 한 일은, 선(善)을 사랑하는 마음과 사람을 공경하는 마음을 심어 주는 일이었다. 너는 그것을 마치 문법을 외듯이 기계적으로 몸에 익혔다. 그리고 지금은 네 자신의 판단으로 그것을 하고 있다. 물론 선을 행하는 일이나 사람을 공경하는 것은 당연한 일이고, 보통 사람이 굳이 배우지 않더라도 시행하고 있는 것이기는 하지만 말이다.

샤프츠베리 경은 매우 적절한 표현으로 이렇게 말한 적이 있다.

"나는 남의 눈이 있어서 선을 행하는 것이 아니라, 나 자신을 위해 선을 행한다. 그것은 남이 보니까 청결하게 하는 것이 아니고 나를 위해 청결하게 하는 것과 같은 이치다."

내가 다음으로 뜻을 둔 것은 너에게 실질적이며 편견이 없는 교육을 베푸는 일이었다. 이것도 역시 처음에는 나, 다음에는 하트 씨, 그리고 최근에는 네 자신의 힘으로 예상 이상의 성과를 올려 왔다. 나의 기대에 충분히 부응해 주었다고 해도 틀린 말은 아니란다.

그리고 이제 마지막으로 남아 있는 것이 사람 사귀는 법, 즉 예의범절을 가르치는 일이다. 이것을 알지 못하면 애써서 몸에 익힌 것들이 불완전하게 되어 빛을 잃고, 어떤 의미에서는 무용지물이 되어 버릴 것이다. 그런데 유감스럽게도 너는 이 점에 부족함이 있는 것 같아 이번 편지는 그 한 가지에 주력해서 쓰기로 하겠다.

자기를 억제하고 상대방에 맞추는 것이 기본이다

우리들의 공통적인 친구인 어떤 인물은 예의에 대해서 '서로 자기를 조금 억제하고 상대방에게 맞추려고 하는 분별과 양식 있는 행위'라고 멋진 설명을 하더구나. 이 말에 이의를 제기하는 사람은 없을 것이다.

하지만 분별과 양식 있는 사람 누구나가 예의바른 사람이 되는 것은 아니다. 분명히 예의를 어떻게 나타내는가는 사람, 지역, 환경 등에 따라 큰 차이가 있으며, 그것은 실제로 자신의 눈으로 보고 귀로 듣지 않으면 알 수 없는 것이기도 하다. 하지만 예의를 중히 여기는 마음 그 자체는 어느 시대, 어느 곳에서나 변하지 않을 것이다. 때문에 의지가 있느냐 없느냐가 바로 예의바른 인간이 될 수 있느냐 없느냐의 중요한 열쇠가 되는 것이다.

예의가 특정 사회에 미치는 영향은 도덕이 사회 전반에 미치는 영향과 비슷하다. 그것은 사회를 하나로 통합하

여 안전성을 높이는 것이다. 또한 비슷한 것은 그것뿐이 아니다. 일반 사회에는 도덕적 행위를 장려하기 위해서 (혹은 부도덕한 행위로부터 몸을 지키기 위하여) 법률이라는 것이 제정되어 있을 것이다. 그와 마찬가지로 특정 사회에서 도 예의바른 행위를 권장하고 무례를 경고하는 암묵적인 법도와 같은 것이 존재한단다.

내가 이렇게 말하면 '법률과 암묵의 법도를 동일시하다니' 하고 놀랄지도 모르지만, 나에게는 공통된 점이 있는 것 같구나. 남의 소유지에 침입한 부도덕한 인간은 법에 의해 처벌을 받을 것이다. 그것과 마찬가지로 남의 평화로운 사생활에 마구 침입한 무례한 인간 역시 사회 전체의 암묵적인 합의에 의해서 추방되게 될 것이다.

상냥하게 행동하고, 상대방에게 마음을 쓰고, 다소의 희생을 감수하는 것은 누구로부터의 강요도 아니고 자연스럽게 몸에 익힌 일종의 암묵적인 협정과도 같은 것이다. 이것은 왕과 신하가 비호와 복종이라고 하는 암묵적인 협정으로 묶여 있는 것과 하등 다를 바가 없다. 어느 쪽이든 그 협정을 위배한 자가 협정에 의해서 생기는 이익을 박탈당하는 것은 당연한 결과라고 할 수 있을 것이다.

내 개인적인 생각을 얘기한다면, 예의를 다하는 것은 선행 다음으로 사람의 마음을 사로잡는 것이 아닌가 하고 생각한다. 나 자신도 '아테네의 장군 아리스테이데스 (Aristeides: 520~468 B.C. 청렴하기로 유명했던 정치가)와 같다' 는 칭찬을 들으면 가장 기쁘다. 그 다음으로 기쁜 것이 '예의가 바른 사람이다' 라는 말을 듣는 것이다. 그 정도로 예의라고 하는 것은 소중한 것이다.

상황에 알맞은
예의범절

● ● ●

이번에는 상황에 알맞은 예법에 대해 말하도록 하겠다.

윗사람에게는 우아하게 행동한다

분명히 손위라는 것을 알 수 있는 사람, 공적인 지위가 높은 사람에 대해 예의를 차리지 않는 사람은 없다고 하겠다. 요는 그것을 어떻게 표현하느냐가 문제이다.

분별이 있고 인생 경험이 풍부한 사람은 어깨에 힘을 주지 않고 자연스럽게 최대한의 예의를 다할 수가 있다. 그런데 훌륭한 사람들과 그다지 접촉한 일이 없는 사람들은 실로 어색하고 곁에서 보기에도 애처로울 정도의 행동을 보인다.

그러나 그렇다고 해서 존경하는 사람을 눈앞에 두고 단정치 못하게 의자에 걸터앉는다거나 휘파람을 분다거나 머리를 마구 긁어 댄다거나 하는 무례한 행동을 하는 사람은 아직 한 번도 본 일이 없다. 윗사람 앞에서 주의해야 할 일은 단 한 가지, 긴장하지 말고 힘을 뺀 다음 자연스럽고 우아하게 예의를 차리는 것이다. 이것은 좋은 본보기를 관찰하여 네가 실제로 흉내 냄으로써 몸에 익혀 가는 수밖에 도리가 없다.

잡다한 사람의 모임에서는 '선(線)'을 지켜라

윗사람이 없는 잡다한 모임에서는 적어도 잠시 동안은 초대받은 사람 모두가 같은 입장이라고 해도 좋다. 이런 경우에 공경심이나 경의를 표하지 않으면 안 될 인물은 원칙적으로 없는 셈이어서 행동도 자유스러워지고 자연히 어떤 폼을 잡을 필요성도 적어진다. 어떤 교제도 반드시 지켜야 할 일정한 선이 있는데, 이 경우에도 그것만 지킨다면 일단은 무엇을 하든 크게 어긋나지는 않을 것이다.

그러나 잊어서는 안 될 것이 있다. 특별히 주의를 기울이지 않으면 안 될 인물이 없는 대신, 누구나가 보편적인 예의나 배려는 기대하고 있다는 사실이다. 때문에 산만함과 무관심은 허용되지 않는다.

예를 들면, 누군가가 다가와서 따분한 이야기를 꺼냈다고 하더라도 너는 일단은 정중하게 대답해 주지 않으면 안 된다. 무심코 얘기를 건성으로 들어서 상대방이 무시당하고 있다는 것을 눈치 채게 된다면, 아무리 대등하다고는 하나 그것은 이미 '실례'의 정도를 넘어서 엄청난 실례가 된단다.

상대방이 여성일 경우에는 특히 더 그렇다. 어떤 지위에 있는 여성이든 주목하는 정도로는 충분치 못하고 아첨에 가까울 정도의 배려가 필요하단다. 그녀들의 소망, 좋아하는 것과 싫어하는 것, 취미, 변덕뿐 아니라 사소한 태도에 이르기까지 배려를 아끼지 말고 듣기 좋게 칭찬해 주어야 한다.

잡다한 인간의 모임에서 예의를 다하려면 어떻게 하면 좋은지 일일이 열거하는 것은 한이 없을 뿐만 아니라 너에게도 실례라고 생각하기 때문에 이 정도로 해두겠다. 나머지는 너의 양식으로 이해관계를 생각하면서 그때그때의 사정에 따라 실천해 주기 바란다.

'자기보다 지위가 낮은 사람'을 적으로 만들지 마라

설마 너는 네 방을 청소해 주거나 구두를 닦아 주는 사람보다 태어나면서부터 월등했다는 생각을 품고 있는 것은 아니겠지? 겸손한 마음으로 하늘이 너에게 내려 주신 행운에 감사해야 한다. 그리고 불운한 운명 아래서 태어난 사람들을 업신여기거나 불필요한 말을 해서 그들의 불운을 상기시키는 따위의 행동을 해서는 절대로 안 된다.

나의 경우, 나와 대등한 사람을 대할 때 이상으로 신분이나 지위가 낮은 사람을 대할 때도 많은 신경을 쓰고 있단다. 그것은 그 사람의 노력이나 실력과는 관계없이 단순히 타고난 운명으로 결정된, 신분이나 지위의 차이를 의도적으로 들추고 싶지 않기 때문이다.

그런데 젊은 사람들은 거기까지는 주의가 미치지 않는 모양이다. 신분이나 지위가 낮은 사람에게 마음을 쓰지 않고 도대체 어디에 신경을 쓰고 있는가? 지인이나 한층

289

돋보이는 사람들, 즉 지위가 높은 사람, 특별히 아름다운 사람, 인격자 등에 신경을 쓸 것이다. 그리고 그 이외 사람들에게는 주목할 가치조차 없다는 듯이 보통의 예의조차 갖추려 하지 않는다.

솔직히 말하면, 나도 네 나이 때는 그러했다. 매력적인 몇몇 사람들의 마음을 사로잡는 데만 정신이 팔려서 그 나머지 사람은 피라미 떼로 매도하고 기본적인 예의조차 차릴 필요가 없다고 생각하고 있었다. 그래서 각료나 지식인, 또는 빼어난 미인 등 화려하고 돋보이는 인물에게만 예의를 차리고, 사려분별도 없이 그밖에 사람들에게는 전혀 예의를 차리지 않아서 그 사람들을 모두 화나게 만들고 말았다.

이 어리석은 행위로 나는 많은 적을 만들고 말았다. 하찮은 피라미 떼라고 생각했던 그들이 결정적인 순간에 나의 평판을 깎아 버렸던 것이다. 그들은 나를 교만하다고 생각했던 것이다. 사실은 분별력이 부족했을 뿐이었는데 말이다.

아주 적절한 격언이 있단다.

"민심을 모으는 왕이야말로 가장 평안하고 무사하게 권력을 유지시킬 수 있는 왕이다."

신하로부터 충성을 받는 것은 어떤 무기보다 강하다. 신하의 충성을 원한다면 두려움의 대상이 되기보다는 호감을 품게 해야 한다. 이 말은 평범한 사람인 우리들에게도 똑같이 적용된다고 하겠다. 사람의 마음을 사로잡는 기술을 터득하고 있다는 것은 무엇에도 비길 수 없는 강한 힘을 가지고 있다는 것이나 마찬가지다.

'원석(原石)'인 채로 일생을 마치지 마라

　친한 사이에서는 편안한 기분이 되어도 좋다. 또 그렇게 되는 것이 당연한 것이기도 하다. 그러한 관계가 사생활에 평안을 주는 것도 사실이다. 다만, 그렇다고 해서 보통 때 같으면 절대로 발을 들여 놓아서는 안 될 영역까지 침입해도 좋다는 뜻은 아니다. 네가 말하고 싶은 대로 자기 기분에 도취되어 수다를 떨고 있으면, 친한 친구와의 즐거워야 할 대화도 곧 퇴색해 버린다.

　막연한 얘기로는 이해가 잘 되지 않을 것 같아서 피부로 느낄 만한 확실한 예를 들어 보겠다.

　예를 들어, 너와 내가 한 방안에 있다고 하자. 나는 내가 무엇을 해도 상관이 없다고 생각하고 있고, 너도 또한 네가 하고 싶은 대로 하리라고 생각하고 있다. 그렇다고 해서 내가 우리 두 사람 사이에는 아무것도 조심할 것이 없다고 생각하고 있을 것 같으냐? 아무리 너를 상대로 하고 있지만, 어느 정도의 예의는 지켜야 한다고 생각한다. 정도의 차이는 있겠지만, 그것은 다른 사람에 대해서도 마찬가지란다. 만일 네가 무슨 이야기를 하고 있는 동안 내가 줄곧 다른 생각을 하고 있다거나 네 눈앞에서 크게 하품을 한다거나 코를 곤다거나 하는 엉뚱한 실수를 하는 일이 있다면, 나는 나 자신의 야만적인 행동에 대해서 크게 부끄러워 할 것이다. 그리고 너와 나의 사이가 멀어지리라는 것을 각오해야 할 것이다.

그렇단다. 아무리 친한 사이라도 그 유대를 깨뜨리고 싶지 않다면, 그리고 오래 지속시키고 싶다면 어느 정도의 예의는 필요한 것이란다. 남편과 아내(남자와 여자라도 좋겠지)가 낮 시간과 마찬가지로 밤을 함께 지낸다고 했을 때, 조심성도 예절도 모두 팽개쳐 버린다면 과연 어떻게 되겠니? 화목하던 사이도 얼마 안 가 식어 버려서 서로 싫증을 느끼게 되고, 급기야는 서로 경멸하는 사이로 전락할 것이 틀림없다.

사람은 누구나 나쁜 면도 가지고 있단다. 그것을 속속들이 드러내는 것은 단순히 무례한 행동일 뿐 아니라 무분별한 행위이다. 그렇다고 해서 너를 상대로 공손하게 예의범절을 행해 보일 수는 없는 일이다. 너에게는 너에게 알맞은 정도의 예의를 갖추면 된다. 그렇게 하는 것이 예의에 맞는 일이라고 생각하며, 또 서로가 언제까지나 사이좋게 지낼 수 있는 상태를 유지하기 위해서는 그렇게 하는 것이 절대적으로 필요하다.

예의에 대해서는 이 정도로 해두자. 다만, 하루의 절반은 예의를 몸에 익히기 위한 노력을 해주기 바란다.

다이아몬드도 원석 그대로의 상태로는 아무런 쓸모가 없다. 비로소 갈고 닦아야 값을 인정받게 된다. 너도 알맹이는 알차고 견고하다. 다음은 지금까지와 마찬가지로 노력해서 연마하는 일이 남았을 뿐이다. 네가 사용법만 알고 있다면, 주위의 훌륭한 사람들이 너를 아름다운 모양으로 조각해 광채가 나도록 닦아 줄 것이다.

사랑하는 아들에게 보내는 '인생 최대의 교훈'

인간은 강인해야 살아갈 수 있다.
언행은 되도록 부드럽게, 의지는 굳건하게 해라.

언행은 부드럽게,
의지는 굳건하게

● ● ●

 언젠가 너에게 이런 말을 소개하며 항상 염두에 두고 행동해 주었으면 좋겠다고 쓴 적이 있는데, 혹시 너는 기억하고 있느냐? 그 말이란 '언행은 부드럽게 의지는 굳건하게' 라는 것이었다. 이것만큼 인생 전반에 걸쳐 활용될 수 있는 말은 없다고 해도 좋을 것이다.

오늘은 이 말에 대해서 나이든 설교사가 된 기분으로 설교를 해보겠다. 먼저 이 말이 구성하는 두 가지 요소, 즉 '언행은 부드럽게'와 '의지는 굳건하게'에 대하여 설명하고, 다음에 이 두 어휘가 하나로 합쳐졌을 때 어떠한

효과를 나타내는지에 대해서, 그리고 마지막으로는 그
실천에 대해서 언급해 보겠다.

언행이 부드럽기만 하고 의지가 굳건하지 못
하다면 어떻게 되겠느냐? 그런 사람은 단
순히 타인에게 친근감을 주어 좋을 뿐,
비굴하고 마음이 약해서 소극적인 인간으
로 전락해 버린다. 반면에 의지는 강하지만 언행이
거칠면 어떻게 될까? 그러한 사람은 용맹스럽고 사나울
뿐인, 저돌적인 인간이 되는 것에 그치고 말 것이다.

사실은 이 모두를 겸비하는 것이 바람직하지만, 그런
사람은 매우 드문 것이 현실이다.

의지가 강한 사람 중에는 혈기왕성한 사람이 많은데,
이런 사람은 언행이 부드러운 것을 '연약함'으로 단정 짓
고 무엇이든 힘으로 밀어붙이려고 한다. 이런 사람은 내
성적이고 마음이 약한 사람이 상대일 때는 자기 마음대
로 일을 진척시킬 수 있지만, 그렇지 않을 경우에는 상대
방의 노여움이나 반감을 사서 목적을 달성시키기가 어렵
게 된다.

또 언행이 부드러운 사람들 중에는 음흉한 사람이 많은
데, 이런 사람들은 남에게 주는 부드러운 인상만으로 모

는 것을 손에 넣으려 한다. 좋은 뜻으로 말하자면 팔방미인이라고 할 수 있다. 이런 사람들은 마치 자신의 의지 같은 것은 없는 것처럼 임기응변으로 얼마든지 상대편에 자신을 맞추어 나간다. 그러나 이러한 사람은 어리석은 자는 쉽게 속일 수 있을지 몰라도 그렇지 않은 사람의 눈은 속이지 못해, 즉시 그 가면이 벗겨지고 만다.

부드러운 언행과 굳건한 의지를 겸비한 사람은 정말 현명한 사람이다.

강한 의지일수록 '부드러움'으로 능숙하게 감싸라

남에게 명령을 내리는 입장에 있을 경우, 정중한 태도로 명령을 내리면 그 명령은 기꺼이 받아들여지고 기분 좋게 실천으로 옮겨질 것이다. 그러나 처음부터 무조건 강압적인 명령이 내려진다면 명령은 적당히 수행되거나 도중에서 팽개쳐지고 만다.

예를 들어, 내가 부하에게 "술 한 잔 가져와!" 하고 난폭하게 명령했다고 하자. 그런 식으로 명령을 내렸을 때, 나는 그 부하가 내 옷에 술을 엎지를 것이라는 각오를 해 두어야 할 것이다. 그런 보복을 당해도 마땅한 행동을 했으니까 말이다.

물론 명령을 내릴 때는 '따라야 한다'는 식의 냉정하고도 강력한 의지를 나타낼 필요도 있단다. 그러나 그것을 부드러움으로 감싸서 불필요한 열등감을 갖지 않고 기분좋게 명령에 따르도록 배려하는 것도 필요하다. 이것은 네가 윗사람에게 무엇인가 부탁할 때나 정당한 권리를 요구할 때도 마찬가지다. 정중한 태도로 부탁하지 않으면 처음부터 네 부탁을 거절하고 싶어 하는 사람에게 좋은 구실을 제공하고 만다.

그렇다고 해서 부드러운 것만으로도 일은 성사되지 않는다. 절대로 뒤로 물러서지 않는 끈기와 품위를 잃지 않는 집요함을 가지고, 의지가 얼마나 강한지를 보여주는 것도 중요하다. 부드러운 언행과 동시에 의지의 강인함을 보여주면 평소 같으면 웬만큼 사정해서는 들어주지 않을 만한 일이라도 귀찮고 원망을 사는 것이 두려워 들어줄 수도 있다.

신분이 높은 사람들은 다른 이의 부탁이나 불만에는 아주 익숙해져 있다. 외과 의사가 환자의 물리적인 통증에 무감각한 것과 마찬가지다. 그러므로 평범하게 호소하는 정도로는 여간해서 받아들여 주지 않는다. 그러므로 또다른 감정에 호소할 수밖에 없다.

예를 들면, 부드러운 말씨와 유연한 태도로 호감을 얻어 낸다든가, 집요하게 호소해서 두 손들 정도로 만드는 것이다. 아니면 품위가 떨어지지 않을 정도로 냉담한 태도를 취해 두려움을 느끼게 만드는 것이다. 진정한 의지의 강함이란 이러한 것이다. 결코 우격다짐으로 밀어붙이는 것이 아니다.

언행의 부드러움과 의지의 강함을 겸비하는 것이야말로 경멸받지 않고 사랑받으며, 미움 받는 일 없이 존경심을 갖게 하는 유일한 방법이다. 이것은 세상의 지혜로운 사람들이 빠짐없이 몸에 익히고 싶어 하는 품위를 몸에 익히는 방법이기도 하다.

'길을 양보하는 것'과 '유연하다는 것'에는 큰 차이가 있다

다음은 실천에 관한 이야기로 옮겨 보자.

감정이 고조되어 사려분별이 결여된 무례한 말이 서슴없이 입에서 나오려고 할 때는 자신을 억누르고 말씨를 유연하게 해야 한다. 이것은 상대방이 윗사람이든, 자기

301

와 대등한 사람이든, 자기보다 신분이 낮은 사람이든 모두 다를 바가 없다. 감정이 폭발하려고 하면 마음이 가라앉을 때까지 침묵을 지키고 표정의 변화를 상대방이 읽을 수 없도록 신경을 집중시켜야 한다.(표정이 간파된다는 것은 비즈니스에서는 치명적이다.)

하지만 그렇다고 해서 더 이상 단 한 발자국도 양보할 수 없는 곳에서는 애교 있게 대하거나, 상냥하게 대하거나 비위를 맞춰 주는 등 나약하게 상대에게 아첨하는 행동을 해서는 안 된다.

그럴 때는 공격 일변도로 집요하게 공격을 반복하는 것이 좋겠다. 그렇게 하면 손에 들어올 것은 반드시 손에 들어온다. 변함없는 의지력은 사람들의 마음을 사로잡을 것이다. 그리고 언행의 부드러움은 그들의 적을 자신의 적으로 만드는 것을 막아 줄 것이다.

자신의 적에 대해서는 진실한 태도로 마음의 문을 열도록 해야 한다. 그리고 상대방에게도 이쪽의 의지가 강함을 보여 주고, 자기에게는 분개할 정당한 이유가 있다는 것을 알려 주는 것이 중요하다. 자신은 상대방과 달라서 악의를 품거나 하는 소견이 좁은 행동은 하지 않으며 사려분별이 있는 정당한 행동을 한다는 것을 분명히 밝혀 두어야 한다.

일의 교섭을 마음먹은 대로 진행시키는 비결

일과 관계되는 교섭에 들어갔을 때에도 의지의 강함을 느끼게 하는 일을 잊어서는 안 된다. 꼭 타협하지 않으면 안 될 때까지 뒤로 물러서서는 안 되며, 절충안도 받아들여서는 안 된다. 부득이하게 타협해야 할 경우라 할지라도 저항해 가면서 조금씩 물러나야 한다.

그렇게 하면서 부드러운 태도로 상대방의 마음을 파악하는 것도 잊어서는 안 된다. 상대방의 마음을 파악하게 되면 이해를 얻어 마음을 움직이게 할 수 있을지도 모른다.

깨끗하고 솔직하게 이렇게 말해 보는 것도 좋다. "많은 문제가 있습니다만 그렇다고 해도 귀하에 대한 저의 경의에는 변함이 없습니다. 오히려 이번 사건에서는 귀하의 노력을 보고 그 훌륭하신 능력과 열의에 감탄하고 있습니다. 이렇게 열심히 일하시는 분과 개인적으로 가깝게 지낼 수 있다면 얼마나 기쁠까 생각하고 있습니다."라고.

이처럼 '말은 부드럽게, 그리고 의지는 강하게'를 관철하면 대개의 교섭은 원활하게 진척된다. 최소한 상대방의 뜻대로 끌려 다니지는 않을 것이다.

'북풍과 태양'에서 배우는 교훈

내가 아무리 '말은 부드럽게'라고 말하더라도 그것이 단순히 유연함만의 부드러움이 아니라는 것은 이미 너도 알고 있을 것이다. 그러나 그런 것만은 아니란다. 자신의 의견은 확실히 표현해야 하고, 상대방의 의견이 잘못 되었다는 생각이 들면 분명히 말해야 한다.

내가 문제로 삼는 것은 말하는 방법이다. 그것을 말할 때의 태도, 분위기, 용어의 선택, 목소리 등 모든 것을 자연스럽게 해야 한다.

남과 다른 의견을 말할 때는 상냥하고 품위 있는 표정을 짓고, 부드러운 어조로 강경하지 않은 태도를 보이는 것이 좋다.

'제가 어떻게 생각하고 있는지를 물으신다면 이렇게 대답하겠습니다. 물론 그렇게 확신을 가지고 있는 것은 아닙니다.'라든가 '자세히는 모르겠습니다만 대개 이런 것이 아니겠습니까?' 등등의 표현법이다. 연약한 말투라고 해서 설득력이 부족한 것은 아니다. 오히려 상대방의 마음을 사로잡을 것임에 틀림없다.

토론은 기분 좋게 끝내야 한다. 자신도 상처를 입지 않고, 상대방의 인격도 손상시킬 마음이 없다는 것을 분명한 태도로 보여줄 필요가 있다. 의견 대립은 일시적이긴 하지만 서로의 사이를 멀어지게 하기 때문이다.

"그까짓 태도쯤이야." 하고 말할지도 모르지만, 태도역시 중요한 것이다. 호의로 한 일이 적을 만들고, 장난으로 한 것이 오히려 친구를 만들기도 하는 등 태도에 따라 정반대의 상황이 나오기도 한다.

표정, 말투, 단어, 발성, 품위 이러한 것들이 부드러우면 말은 부드러워지고, 거기에 강한 의지가 더해지면 위엄도 곁들여져 사람들의 마음을 사로잡을 수 있는 것이다.

강인하지 않으면
이 세상을 살아갈 수 없다

· · ·

살아가는 지혜의 근본은 뭐니 뭐니 해도 감정을 겉으로 드러내지 않는 것이다. 즉 말이나 동작이나 표정에서 마음이 동요하고 있다는 것을 알아차리지 못하게 하는 것이다. 일단 상대방이 알아차리면 자기 조종이 능숙한 상대방의 뜻에 휘말려 버리게 된다. 이것은 비단 직장에만 한정된 것은 아니다. 일상생활에서도 자기도 모르는 상대에게 조정당할 가능성은 얼마든지 있다.

싫은 소리를 들으면 노골적으로 화를 내거나 표정을 바꾸는 사람, 좋은 소리를 들으면 펄쩍 뛰면서 기뻐하거나 표정이 흐트러지는 사람, 이런 사람들은 교활한 인간이나 주제넘게 나서는 건방진 사람의 먹이가 되기 쉽다.

교활한 인간은 일부러 상대방을 분노케 하는 말을 던지거나 기뻐할 말을 건네거나 해서 반응을 살펴보고, 마음이 평온할 때는 결코 입 밖에 내지 않을 비밀을 캐내려고 한다.

주제넘게 나서며 뽐내는 사람도 마찬가지다. 다만 다른 것은 자신도 모르게 교활한 인간과 같은 행동을 하고 있지만, 자기의 이익으로 만들지도 못하고 주위 사람들의 이익에 공헌한다는 점이다.

자기의 '성격'을 변명으로 삼지 마라

냉정한가, 아닌가는 성격에 의해 좌우되며 의지의 힘으로는 어쩔 수 없는 것이 아니냐고 할지도 모른다. 확실히 냉정한가, 냉정하지 못한가의 여부는 성격에 의해서 좌우되는 바가 크다.

하지만 나는 생각을 갖고 조금만 노력한다면, 분명 개선할 수 있는 부분이 있을 것이라고 생각한다. 인간이기 때문에 이성으로 성격을 조절하는 일이 가능하다고 생각한다. 만약 순간적으로 감정이 폭발할 지경에 이르러 억제할 수가 없게 되면, 우선 감정이 진정될 때까지 입을 다물고 있는 편이 좋다. 얼굴 표정도 될 수 있으면 바꾸지 말아야 한다. 조금만 노력하면 할 수 있는 일이다.

그리고 네가 만일 비꼬는 듯한 말을 들었다면 가장 좋은 대처 방법은 못 들은 척하는 것이다. 너무나 직설적이어서 그렇게 할 수도 없을 때는 주위 사람들의 웃음에 합세해서 비꼰 내용을 인정하고, 그럴 듯한 비방이라고 추켜올려 줌으로써 은근히 그 자리를 넘겨 버려야 한다. 절대로 같은 어조로 되받아치는 듯한 응수를 해서는 안 된다. 그런 짓을 했다가는 자기가 상처를 받았다고 공표하는 것과 같아서 모처럼의 노력도 수포로 돌아가 버린다.

자기의 '속마음'을 간파당해서는 안 된다

무슨 일을 교섭함에 있어서 혈기왕성한 인물과 대할 때만큼 좋은 결과가 얻어지는 일도 없다. 만약 상대방이 흥분을 잘하고 허둥지둥하는 성격이라면 생각나는 대로 이 것저것 넘겨짚어서 표정을 관찰하는 것이 좋다. 그렇게 하면 반드시 진의를 포착할 수 있다. 비즈니스에서는 상

대방의 속마음을 읽을 수 있느냐, 없느냐가 성공의 열쇠가 된다.

자기의 감정이나 표정을 숨기지 못하는 사람은 그렇게 할 수 있는 사람의 손바닥에서 놀아나게 된다. 다른 모든 조건이 대등할 때조차 그러하니 상대가 능수능란한 솜씨의 소유자일 경우에는 더욱 승산이 없다.

"뚝 시치미를 떼라는 말인가요?" 하고 너는 말할 것이다. 하지만 그렇게 하는 것은 잘못이 아니다. 옛말에 "마음을 읽혀서는 사람을 거느릴 수가 없다."는 말이 있다. 나는 좀더 극단적으로 이렇게 말하고 싶다. "타인에게 속마음을 읽혀서는 아무 일도 성취시킬 수가 없다."고 말이다.

똑같이 시치미를 뗀다 하더라도 자기 속마음을 읽을 수 없도록 시치미를 떼는 것과 상대를 기만하기 위해 시치미를 떼는 것에는 큰 차이가 있다. 그리고 잘못된 것은 후자의 경우다. 상대방을 기만하기 위하여 감정을 숨기는 것은 도덕에 어긋날 뿐만 아니라, 비겁한 행위이다.

저 유명한 베이컨 경도 다음과 같이 쓰고 있다. "상대를 기만하는 것은 지적인 인간이 할 짓이 아니다. 자기 속마음을 읽을 수 없도록 하기 위해 감정을 숨기는 일은 트럼프의 카드를 보이지 않도록 하는 것과 같지만, 상대를 기만하기 위해 그렇게 하는 것은 상대방의 카드를 훔쳐보는 거나 다름없다."

정치가 볼링브로크(Bolingbroke: 1678~175, 영국의 정치가이자 문필가) 경도 그의 저서에서 다음과 같이 쓰고 있다.(이 책은 가능한 한 빠른 시일에 너에게 보내 줄 예정이다.)

"사람을 속이기 위해서 숨기는 것은 단검을 휘두르는 것과 같아서 바람직한 행위가 못 될 뿐더러 불법행위이기도 하다. 일단 단검을 사용하면 그것으로 끝이 나며, 어떠한 정당화나 변명도 통하지 않는다."

속마음을 남에게 읽히지 않기 위해 감정을 숨기는 것은 방패를 갖는 것과 같은 것이며, 기밀을 보호하는 것은 갑옷을 착용하는 것과 같은 것이다. 사업에서는 어느 정도 감정을 숨기지 않으면 기밀은 유지될 수가 없고, 기밀 유지가 안 되면 일이 순조롭게 진전되지도 않는다.

그런 의미에서는 귀금속에 합금을 섞어서 주화를 주조하는 기술과 흡사하다. 그러나 합금을 조금 섞는 것은 필요하지만 도가 지나치면(비밀주의가 발전해서 교활해지고) 주화는 통화로서의 가치를 상실하고 주조자의 신용도 땅에 떨어지고 만다.

마음속에서 아무리 감정의 폭풍이 휘몰아치더라도 그것을 얼굴이나 말로 나타내지 않도록 자기감정을 완전히 숨길 수 있도록 노력하거라. 매우 힘든 일이기는 하지만 불가능한 일은 아니다. 지성이 있는 사람은 불가능한 일에는 도전하지 않지만, 아무리 곤란한 일이라도 추구할 가치가 있는 것이라면 두 배의 노력을 기울여서라도 반드시 해내는 법이다. 너도 노력해 주기를 부탁한다.

'허용되는 거짓말'을 적절히 사용하라

• • •

 모르는 척한다는 것은 때론 크게 쓸모가 있는 지혜가 아닐까? 가령, 누군가가 무엇인가를 말하려 할 때 모르는 척하면 그 사람은 이렇게 묻는다.

"이런 이야기를 알고 계십니까?"

설령 알고 있었다 하더라도 그대로 이야기 하도록 내버려 뒤라. 이야기를 하는 데서 기쁨을 느끼는 사람도 있을 것이다. 지적인 발견을 이야기하고, 그렇게 함으로써 자존심을 만족시키고 싶어 하는 사람도 있을 것이다. 이런 중요한 이야기를 해줄 정도로 자기는 신뢰받고 있다는 것을 내세우고 싶어서 지껄이는 사람도 있을 것이다.

네가 "이런 이야기를 알고 계십니까?"라는 질문을 받았을 때, "예!" 하고 대답해 버리면 그 사람은 실망하게 될 것이다. 그리고 결국은 '눈치가 없는 사람'이라고 해서 상대하기를 꺼려할 것이다.

개인적인 중상이나 험담은 귀에 못이 박히도록 들었다 하더라도 마음을 터놓을 수 있는 친구 이외에는 들은 일이 없는 척하는 편이 좋다. 이러한 경우, 대개는 듣는 쪽도 말하는 쪽도 마찬가지로 나쁘게 인식되어 버린다. 그러므로 이런 화제가 나오면 실제로는 거의 확실하게 믿고 있었다 하더라도 언제나 회의적인 척 가장하면서 정상참작의 의견 쪽에 동조하는 것이 좋다.

이와 같이 늘 아무것도 모르는 것으로 해두면, 뜻밖의 우연한 기회에 정말로 모르고 있었던 정보가 완벽한 형태로 들어오는 경우도 있을 것이다. 그리고 실은, 이것이 정보를 수집하는 최고의 방법이기도 한 것이다.

싸움터로 나갈 때는 완전무장을 하라

대다수의 인간은 보잘것없는 일에서라도 우위에 서서 허영심을 만족시키기를 바란다. 때문에 사실은 말해서는

안 되는 일인데도 과시하고 싶은 마음에, 그만 엉겁결에 입을 열어 얘기해 버리는 것이다. 그럴 때, 모르는 척 꾸미고 있으면 정보를 얻을 수 있는 것 외에도 득이 되는 것이 있다. 정보를 입수하는 데 관심이 없는 것으로 보이므로 결과적으로는 음모나 나쁜 계략과는 아무 상관이 없는 인물로 보인다는 점이다.

그렇다곤 해도 정보는 수집해야 한다. 우연히 전해들은 정보는 상세하게 조사하지 않으면 안 된다. 정보를 수집할 때는 현명한 방법을 취해야 한다. 항상 귀를 기울여 듣거나 직접 질문을 하거나 하는 것은 현명한 방법이 아니다. 그렇게 하면 상대는 방어 태세를 취하고, 같은 얘기를 몇 번이고 반복하는 등 쓸모없는 정보밖에 얻을 수 없게 된다.

모르는 척하는 것과는 반대로 당연히 모든 일을 알고 있는 척하는 것도 때로는 효과가 있다. 생각하지도 못한 더 큰 정보를 손에 쥘 수도 있다.

이런 생활의 지혜와도 같은 것을 능숙하게 사용하려면 항상 자신만이 아닌 자기 주변 사람들에 대해서도 주의를 기울이는 냉철한 태도를 가지고 있어야 할 것이다.

무적을 자랑하던 아킬레우스도 싸움터에 나갈 때만은

완전무장을 했다. 사회는 너에게 있어서 싸움터와 조금
도 다를 바가 없다. 언제나 완전무장으로 대비해야 하고,
그래도 약한 부분에는 또 다른 여분의 방패를 활용할 정
도의 마음의 준비가 되어 있어야 할 것이다. **사소한 부주
의와 순간의 방심이 목숨을 앗아갈 수도 있다.**

사회에서는
'친분'도 실력이다

● ● ●

 이 편지는 몽펠리에 있는 너에게 도착할
것이라고 생각되는구나. 몽펠리에서
하트 씨의 병도 빨리 완쾌되어 크리스
마스 전에는 파리에 도착 할 수 있기를 기도한다. 파리에
서는 너에게 소개해 주고 싶은 사람이 두 사람 있다. 두
사람 모두 영국 사람인데 굉장한 사람들이란다. 그분들
과 좀더 가깝고 친숙하게 지내기를 권하고 싶구나.

한 사람은 여성이란다. 그렇다고 해서 이성으로서 친근
한 관계를 맺으라는 말은 아니다. 물론 거기까지 직접 내
가 관여할 바는 아니지만 그녀는 유감스럽게도 50세가 넘

었단다. 언젠가 너에게 디종까지 가서 만나보고 오라고 했던 하비 부인이란다. 다행스럽게도 올 겨울은 파리에서 보낸다고 하더구나.

이 부인은 궁정에서 출생하여 궁정 안에서 성장했고, 궁정의 시시한 부분을 제외한 좋은 부분, 즉 예의범절, 품위, 친절성을 겸비하고 있단다. 보는 안목도 높고, 여성으로서 읽어야 할 책은 모두 읽었단다. 아니, 오히려 필요 이상으로 읽으셨다. 라틴어도 능수능란하게 구사하신단다. 물론 남들은 눈치 채지 못하도록 슬기롭게 감추고 있지만 말이다.

그녀는 너를 자식처럼 대해 주실 것이다. 그러니 너도 그 부인을 믿고 무엇이든 상의하고 부탁하면 될 게다. 그녀만큼 모든 것을 갖추고 있는 여성은 없다고 나는 확신하고 있다. 너의 회화법이나 태도, 예절 등에 부족한 부분, 부적당한 점이 있으면 언제라도 지적해 주시길 부탁드리려. 전 유럽 구석구석을 다 찾아봐도 그녀만큼 이 역할을 충분하게 감당할 수 있는 인물은 없다고 생각되는 구나.

너에게 소개하고 싶은 또 하나의 인물은, 너도 알고 있을 한턱던 백작이다. 내가 너 다음으로 애정을 쏟고 높이 평가하고 있는 사람으로서, 나를 양아버지처럼 따르고 있다. 그는 우수한 자질, 광범위한 지식을 갖추고 있는데, 만약 거기에 성격까지 보태어 종합평가를 내리라고 한다면, 이 나라 제일의 훌륭한 청년이 되지 않을까 생각되는구나.

이러한 사람들과 친교를 맺어 두면 반드시 좋은 일이 생기게 된다. 그리고 그 사람도 내 심정을 헤아리고 너와 친하게 지내고자 할 것이다. 너를 위해서도 두 사람의 관계를 돈독히 해 그 효용 가치를 높여 줄 것을 바라고 있고 또한 그렇게 되리라고 믿는다.

두 가지의 친분을 현명하게 이용하라

우리들이 사는 이 사회는 친분이 필요하다. 신중하게 친분을 구축하여 그것을 잘 유지할 수 있다면, 그러한 친분을 가진 자의 성공은 틀림없다.

친분이라 해도 거기에는 두 가지가 있다. 너는 그 차이를 항상 생각해 두고 행동해 주기 바란다.

우선은 대등한 연고관계다. 이것은 소질이나 능력이 거

의 비슷한 두 사람이 구축하는 호혜적인 관계로, 비교적 자유로운 교류와 정보 교환이 이루어진다. 이것은 상호 간에 능력을 인정하고, 상대방이 자기를 위해서 자진해서 힘써 준다고 하는 확신이 없으면 성립되지 않는다. 그 밑바닥에 흐르고 있는 것은 상대방에 대한 경의이다.

거기에는 이따금 서로 이해가 대립하는 일이 있더라도 결코 무너지지 않는 상호 의존관계가 있으며, 이해가 대립된다 하더라도 조금씩 양보하는 미덕으로 결국은 합의를 낳고 같은 행동을 취하게 된다.

내가 한팅던 백작과 너에게 바라고 있는 것은 바로 이런 관계란다. 두 사람 모두 거의 비슷한 시기에 사회로 진출할 것이다. 그때 너에게 백작과 거의 대등한 능력과 집중력이 있다면, 너희들은 다른 젊은이와도 손을 잡고 실력을 인정받는 집단을 결성할 수도 있을 것이고, 또한 그렇게 됨으로써 함께 뻗어 올라갈 수도 있을 것이다.

또 하나는 대등하지 않은 연고관계이다. 한쪽에는 지위나 재산이 있고, 다른 한쪽에는 소질이나 능력이 있는 경우가 그것이다. 이 관계에서 도움을 받게 되는 것은 어느 한쪽뿐이며, 그 도움도 표면에 나타나지 않도록 교묘하게 위장되어 있는 경우가 많다.

도움을 받은 측은 상대방에게 성심성의를 다하며 마음에 들도록 행동하고, 상대방의 우월감을 보고도 묵묵히 참아 낸다. 도움을 주는 측은 상대방을 잘 조종하고 있다고 생각하겠지만 사실은 그렇지 않다. 이러한 사람을 교묘하게 이용만 잘하면 이용하는 측에 큰 이익을 가져다주는 일이 많다.

이러한 예에 대해서는 전에 언젠가 너에게 써 보낸 적이 있다고 생각되는데, 그밖에도 비슷한 예는 더 있다고 생각한다. 그만큼 한쪽에만 이익을 가져다주는 이런 관계는 일반화되어 있다고 할 수 있을 것이다.

어떻게 해야
라이벌을 이길 수 있는가

● ● ●

자기가 싫어하는 사람에게 사려 깊은 태도로 대하려면 어찌해야 좋은가를 알아 두는 것도 중요하다.

하지만 요즘 젊은이들은 조그만 일에도 금방 흥분하여 앞뒤를 분간하지 못하는 경우가 많다. 여간해서는 조절이 잘 되지 않는 것이 사실이다. 직장에서도, 사랑하는 남녀관계에 있어서도 마찬가지다. 자기 생각을 비판하는 말을 듣게 되면 상대방을 싫어하게 된다.

젊은이들에게 있어서는 라이벌도 적과 마찬가지다. 눈앞에 상대가 나타나면 차갑게 대하고 어떻게든 상대를 이길 방법은 없는지 궁리하는데 이것은 옳지 못하다. 라이벌에게 차갑게 대한다고 해서 바라는 바가 이루어지는 것은 아니다.

가령, 한 여인을 동시에 좋아하는 두 사람이 있다고 하자. 둘은 어디에서 만나건 서로를 노려본다. 그러나 두 사람이 불쾌한 얼굴을 하거나 서로 험담을 퍼부으면, 그곳에 함께 있는 사람들은 혐오스러운 마음을 갖게 될 것이 틀림없다. 그리고 그들의 목표가 되었던 당사자인 여성도 불쾌한 생각을 품게 될 것이다.

그러나 속마음이야 어떻든 어느 한쪽이 표면적으로는 라이벌에게 상냥하고, 친절하게 대응하면 어떻게 될까? 다른 인물이 초라하게 보이고, 그 여성은 친절함을 보인 사람에게 호감을 보이게 될 것이다. 원래 너그럽고 상대방을 포용할 줄 아는 사람이 더 크게 보이기 마련이다.

좋은 라이벌은 일을 성공시키는 열쇠가 된다

업무상의 라이벌도 마찬가지다. 자기감정을 절제하고 표정을 겉으로 드러내지 않는 사람은 라이벌에게 이길 수 있다. 그럼 내 경험담을 얘기해 보겠다. 네가 비슷한 상황에 놓였을 때, 다시 한 번 생각하여 유용하게 활용하

기 바란다.

내가 네덜란드의 헤이그에 가서 오스트리아 계승 전쟁에 대한 전면 참전을 요청하고, 구체적으로 군대 수를 결정하는 등의 교섭을 매듭짓고 왔을 때의 이야기이다. 헤이그에는 너도 잘 알고 있는 대수도원장이 있었는데, 이분은 프랑스 편에 서서 어떻게든 네덜란드의 참전을 저지하려 하고 있었다. 나는 이 대수도원장이 명석하고 온화하며 근면한 인물이라는 말을 듣고, 서로 오랜 숙적이어서 친교를 맺을 수 없는 것을 몹시 안타깝게 생각했었다. 그러나 제삼자가 마련한 어떤 좌석에서 처음으로 그를 만나게 되었을 때, 나는 어떤 사람을 통해 소개받으면서 이렇게 말했다.

"나라끼리는 적대관계에 있지만, 우리들은 그것을 뛰어넘어서 가깝게 지낼 수 있으리라고 생각하고 있습니다." 라고 하자, 대수도원장도 동감을 나타냈다.

그러고 나서 이틀 뒤였는데, 아침 일찍 암스테르담의 의회에 가보니 거기에는 이미 대수도원장이 나와 있었다. 나는 대수도원장과 면식이 있다는 사실을 대의원들에게 말하고서 얼굴에 부드러운 미소를 띠고 이렇게 말했다.

"나의 숙적이 여기에 있는 것을 보고 대단히 유감스럽게 생각하고 있습니다. 이렇게 말씀드리는 것은, 이분의 능력은 이미 나에게 공포심을 느끼게 하고 있기 때문입니다. 이래서는 공평한 싸움이 되지 않습니다. 아무쪼록 이분의 힘에 굴복하시지 말고 자기 나라의 이익만을 생각하시도록 부탁드립니다."

나의 말에, 그 자리에 있던 사람들 모두가 미소를 지었다. 대수도원장도 나의 칭찬이 그다지 싫지는 않다는 표정이었고, 15분쯤 지나자 나를 남겨 두고 그는 그곳을 떠났다. 그리고 나는 설득을 계속했다.

"내가 여기에 온 것은 네덜란드의 국익을 생각해서, 오직 그 한 가지를 위해서입니다. 내 친구는 여러분의 눈을 현혹시키기 위해서 가식이 필요했습니다. 하지만 나는 그러한 모든 것을 벗어던지고 말씀드리고 싶습니다."

나는 결국 목적을 달성했단다. 그리고 그 후, 대수도원장과도 친분을 유지하고 있다.

한 '남자' 로서의 과감한 처신법

훌륭한 인간이 라이벌에 대해서 취할 태도에는 두 가지가 있다. 최대한 상냥하게 대하거나 아니면 때려 눕혀 굴복시키는 것이다. 만약 상대가 모든 수법을 동원하여 고의로 너를 모욕하거나 경멸하면 주저할 필요도 없이 때려 눕혀도 좋다. 하지만 마음의 상처를 입은 정도라면 겉으로는 아주 예의바르게 행동하도록 하거라. 그렇게 하는 것이 상대에 대한 보복도 되고, 너에게 이익도 될 것이다.

공적인 장소에서 실례가 되는 행동을 취한 사람에게 정중하게 이야기한다고 해서 비난받을 리는 없다. 보통은 그 현장을 원만히 수습하고, 주위에 있는 사람들에게 불쾌감을 주지 않도록 노력하고 있을 뿐이라고 보인다. 개인적인 취향이나 질투로 인해서 물의를 일으키는 사람은 세상의 웃음거리가 될 뿐이지 동정의 대상이 되지는 않는다.

사회는 심술, 증오, 원한, 질투 등이 소용돌이 치고 있는 곳이다. 또한 부침도 심하다. 오늘 흥했는가 싶으면 내일은 이미 쇠해 버린다. 이런 곳에서는 예의바름과 부드러운 언행만으로는 살아남지 못한다. 자기편이라고 해도 언제 적이 될지 모르고, 적일지라도 언제 자기편이 될

지 모르기 때문이다. 그렇기 때문에 마음속으로는 미워
하면서도 겉으로는 상냥하게 대하고, 사랑하면서 신중을
기하는 태도가 항상 필요한 것이다.

내 아들에게 주는
또 하나의 어드바이스

• • •

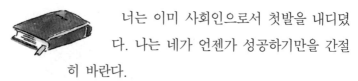　너는 이미 사회인으로서 첫발을 내디뎠다. 나는 네가 언젠가 성공하기만을 간절히 바란다.

인생을 꾸려 나감에 있어 무엇보다 가장 중요한 것은 실천이다. 아무리 좋은 생각과 뜻을 품고 있다고 하더라도 실천하지 않는 한 아무 것도 이룰 수가 없다. 그러나 동시에 모든 것에 대한 배려와 집중력도 필요하다.

가령 편지 쓰는 일을 예로 들어서 내 조언을 마무리 짓고자 한다. 여기에는 사회인의 상식으로서 몸에 익혀야 할 요소가 잘 집약되어 있다고 생각하기 때문이다.

우선, 비즈니스 편지를 쓸 때는 명확한 것이 중요하다. 세상에서 제일 머리가 둔한 사람이 읽어도 그 뜻을 파악할 수 있도록 써야만 한다. 한 번 읽었는데 그 뜻이 모호하다거나 오해를 일으킬 만한 소지가 있다면 그것은 버려야 한다.

비즈니스 편지에서는 은유나 비유, 대조법, 경구 등의 사용은 가급적 피해야 한다. 차라리 산뜻하고 품위 있게 짜여진 문장, 구석구석까지 배려가 빈틈없이 미치고 있는 것이 바람직하다. 복장에 비유해서 말한다면, 정장의 느낌이 좋고, 지나치게 장식을 달거나 단정하지 못한 것은 좋지 않다.

항상 자기가 문장을 쓰면서 단락마다 제삼자의 입장에서 다시 읽어 보고, 다른 의미로 받아들여질 우려가 있는 부분은 없는지 검토해 보아야 한다. 특히 대명사를 주의해야 한다. '그것', '이것', '본인' 등을 많이 사용해서 오해를 불러일으킬 정도라면, 다소는 길어지더라도 명확하게 'ㅇㅇ씨', '××에 대한 문제'라고 명시하는 편이 좋다.

비즈니스 편지라고 해서 정중함과 예의가 결여되어도 좋다는 것은 절대 아니다. 아니, 오히려 '귀하를 알게 된

명예를 입게 되어'라든가, '저의 의견을 말씀드리도록 허락해 주신다면' 등과 같이 경의를 표해야 함은 불가결한 것이다.

편지지 접는 방법, 봉투의 봉함 방법, 수신자의 주소와 성명 쓰기 등 그러한 것에서도 그 사람의 인격은 나타난다. 너는 그렇게 생각하고 있지 않을지 모르겠지만, 그런 일에까지 마음을 써야 한다는 것을 잊지 않도록 해라.

비즈니스 편지에서 반드시 필요한 것은 아니지만, 그래도 품격이 있어 보이는 것도 좋다. 하지만 이것은 비즈니스 편지로서는 전반적인 마무리 작업으로, 아직 기초가 완성되지 않은 너에게 이러한 부분에까지 마음을 쓰라는 것은 조금 무리일 듯하니 당분간은 보류하겠다.

문자나 문체를 지나치게 꾸며서 쓰게 되면 오히려 역효과가 난다. 간소하면서도 품위가 있고, 또한 위엄을 느끼게 하는 것이 가장 좋다. 그러한 편지를 쓰도록 항시 유념해야 할 것이다.

문장의 길이는 너무 길어도, 너무 짧아도 안 좋다. 의미가 확실하게 전달될 수 있는 정도의 길이가 좋다. 너는 곧잘 철자법을 틀리게 쓰는데, 이것도 웃음을 제공하는 요소이니 조심하거라. 네 글씨가 왜 그렇게 지저분한지나로서는 도무지 이해할 수가 없구나. 정상적인 손과 눈을 사용할 수 있는 사람은 아름다운 글씨를 쓸 수 있다고 생각하는데 말이다. 나로서는 네가 좀더 잘 쓸 수 있게 되기를 기도할 수밖에 없구나.

'작은 일에 대범하고, 큰일에 소심한' 사람이 되지 마라

젊어서 수업을 게을리 했기 때문에, 사소한 일에 정신을 빼앗겨 큰일을 처리할 능력을 잃고, 사람들의 비웃음을 받은 남자가 있단다. 이 인물은 '작은 일에 대범하고 큰일에 소심한 사람'이라고 불리었던 모양이다. 큰일을 처리하지 않으면 안 될 때에 사소한 일에 정신을 빼앗겼기 때문이다.

너는 지금 작은 일에만 대처해야 할 시기에 있고, 그런 지위에 있다. 이런 시기에 작은 일을 능숙하게 처리할 수 있는 습관을 길러 두는 것이 좋겠다. 언젠가는 너에게도 큰 일이 맡겨질 때가 올지도 모르기 때문이다. 그때가 되어서 작은 일에 연연해하지 않아도 될 수 있도록 지금부터 준비해 두도록 해라.